天劍無缺 천검무결

매운 新무협 판타지 소설
FANTASTIC ORIENTAL HEROES

천검무결 5
매은 新무협 판타지 소설

초판 1쇄 찍은 날 § 2009년 10월 21일
초판 1쇄 펴낸 날 § 2009년 10월 30일

지은이 § 매은
펴낸이 § 서경석

편집장 § 문혜영
편집책임 § 서지현

펴낸곳 § 도서출판 청어람
등록번호 § 제1081-1-89호
등록일자 § 1999. 5. 31
어람번호 § 제2-1836호

주소 § 경기도 부천시 원미구 심곡2동 163-2 서경B/D 3F (우) 420-822
전화 § 032-656-4452 팩스 § 032-656-4453
http://www.chungeoram.com
E-mail § eoram99@chollian.net

ⓒ 매은, 2009

ISBN 978-89-251-1972-4 04810
ISBN 978-89-251-1833-8 (세트)

※ 파본은 구입하신 서점에서 교환하여 드립니다.
※ 저자와 협의하여 인지를 붙이지 않습니다.
※ 이 책은 도서출판 청어람과 저작자의 계약에 의해 출판된 것이므로,
  무단 전재 및 유포·공유를 금합니다.

매은 新무협 판타지 소설
FANTASTIC ORIENTAL HEROS

천겁무결
天劍無缺

5

복수의 끝에서

目次

제1장	살리겠습니다	7
제2장	소녀와 절창	47
제3장	균열	87
제4장	불살(不殺)	133
제5장	가질 수 없는 것	165
제6장	종리세가에서	207
제7장	아버지, 모용담	249
제8장	복수의 끝에서	271

아득함 속에서 정신은 여전히 꿈속을 헤매고 있다.

구름에 묻힌 듯, 비에 젖은 듯.

노곤함에 일어날 줄 모르던 몸이 먼저 정신을 깨웠다. 떨어져 나간 온기가, 쾌락에 밀려나 숨어버렸던 불안을 끄집어낸 것이다.

"…어딜 가시오?"

가늘게 뜬 눈 속에 남궁미인이 들어왔다. 어둔 밤, 빛 하나 없는 가운데 나신의 윤곽이 흐릿하다. 모용천은 반사적으로 몸을 일으켜 남궁미인을 안았다. 잃어버렸던 온기가 부드러운 살결을 타고 되돌아왔다.
"가지 마시오."
모용천은 남궁미인의 어깨 위에 턱을 올리고, 귓가에 속삭였다. 아직 잠에서 덜 깨어났는지 목소리는 잠겨 있었다.
"……."
남궁미인은 부드럽게 깍지 낀 모용천의 손을 풀었다. 그리고 제 몸을 실어 모용천을 다시 눕히고, 그 귓가에 입술을 댔다.
"아무 데도 가지 않아요."
설탕과자처럼 달콤한 음성.
모용천을 안심시키고, 남궁미인은 홀로 상체를 일으켰다.
"금방 올게요."
살포시 정신을 덮는 한마디.
그 말에 따라 눈 감은 모용천을 확인하고, 남궁미인은 옷을 입었다. 마지막 단추를 잠그고, 풀어헤친 머리를 세심히 올려 틀고.
남궁미인은 의관을 정제하고 모용천을 내려다봤다. 다 쓰러져 가는 객잔 주제에 지붕만 멀쩡한지 달빛 한 점 들어오지 않았다.
그러나 어둠에 적응한 눈은 아주 조금의 빛으로도 많은 것을 볼 수 있다. 그 눈에, 편안히 잠든 모용천의 얼굴이 들어왔다. 이토록 편안한 얼굴로 잠든 모용천은 처음이었다.

"……."

남궁미인은 자리에서 일어나 문으로 향했다. 약속을 지켜야 할 때가 온 것이다.

걸어나가며 남궁미인은 속으로 시간을 되돌렸다. 몇 시진 전, 남궁익을 만났던 그때로.

"…아버님."

남궁미인의 한마디에 남궁익이 죽립을 올렸다.

"으음."

남궁익은 변변한 인사 없이 고개를 끄덕였다. 오랜만의 가족 상봉이건만 보통 부녀간에 기대할 법한 살가운 정에게 내어줄 자리는 없었다.

웬만해서는 세가를 떠나지 않는, 아니, 세가 안에서도 외진 곳에 세운 자신의 거처를 벗어나지 않는 남궁익이었다. 이 먼 사천 땅까지 몸소 행차하신 이유라는 게 딸인 남궁미인을 잡기 위해서라니 참으로 얄궂은 일이다.

이히히히힝!

먼지 구덩이 속에서 긴 울음소리가 들리더니, 번개처럼 취명이 튀어나왔다.

휘익!

몇 장이 넘는 거리를 뛰어넘은 취명이 재빨리 몸을 돌려 남궁미인의 앞에 섰다.
　깡마른 네 다리에 힘줄이 선명하다. 듬성듬성한 갈기를 곧추세우고, 머리는 바닥에 닿을 듯 내리깔았으면서도 두 눈은 남궁익을 노려보는데 그 경계하는 눈빛이 사람과 같아 놀라울 지경이었다.
　"취명……."
　남궁미인이 메인 목으로 취명을 불렀다. 취명은 대답 대신 꼬리를 흔들었다.
　내가 지켜주겠어. 취명의 목소리가 귓가에 들리는 듯했다.
　"이거야 원……."
　기명자의 목소리는 환청이 아니다. 기명자는 느긋한 걸음으로 취명의 앞을 가로막고 나섰다.
　"이놈아, 여자 앞이라고 분수도 모르고 날뛰지 좀 마라. 그것도 상대가 누구인지 봐가면서 해야지, 원!"
　기명자가 앞으로 나서자 비로소 취명은 갈기를 누이고 고개를 들었다.
　이히히히힝!
　짧게 울면서 취명은 코로 기명자의 등을 밀었다. 그에 떠밀려 한 발 앞으로 나선 기명자가 투덜거렸다.
　"이놈이… 제 주인을 죽으라고 떠밀다니, 빌어먹을 축생

놈 같으니라고!"

 검왕의 앞을 가로막았으니 죽으라고 떠밀었다는 말이 과장은 아니었다. 그러나 우는소리를 하는 기명자의 얼굴에는 한 점 두려움도 비치지 않았다.

 "성가셔… 성가셔……. 끌끌."

 기명자는 중얼거리며 짐짓 소매를 걷는 시늉을 했다. 깡마른 팔뚝이 나타났다 사라졌다. 엉성히 올린 소매가 금세 흘러내린 탓이다.

 '저런 팔로 아버지를 막겠다고?'

 검왕의 손끝만 닿아도 부러질 것 같은 팔뚝이다. 그러나 기명자의 얼굴은 태연자약, 범 무서운 줄 모르는 하룻강아지가 따로 없었다.

 그러나 남궁미인의 걱정이 무색한 일이 벌어졌다.

 검왕 남궁익이 깡마른 노인을 앞에 두고 경계심을 일으킨 것이다. 그것도 아주 높은 수준의, 국가로 치자면 대적이 침공해 온 것과 같은 경계를 말이다.

 우우우우웅!

 가라앉았던 흙먼지가 세 사람을 중심으로 소용돌이쳤다. 남궁익의 기운이 바람으로 화하여 기명자를 위협했다.

 "으음……."

 산보 나가듯 가벼운 걸음으로 검왕의 경계를 침입했던 기명자도 더는 다가서지 못하고 신음을 흘렸다. 무형의 검이 형성한 반구(半球), 그 보이지 않는 예리한 선에 다가갔다가는 무슨 봉변을 당할지 모르는 일이다.

그 와중에 남궁익이 입을 열었다.

"후배의 안목이 천박하여 어디의 고인이신지 알아보지 못하는 점 미리 사죄드리오."

천하의 검왕이 후배를 자처하다니? 아버지의 입에서 나온 말이라고는 믿을 수 없이 겸손한 발언이었다. 남궁미인이 놀라 눈을 크게 떴지만 기명자의 뒷모습은 여전히 왜소할 따름이었다.

"고인은 무슨? 하늘의 뜻을 밝히고자 떠도는 늙은이일 뿐일세. 그나저나 원치도 않게 후배가 생겼으니 기왕이면 선배 대접까지 해줬으면 좋겠는데?"

말이 지나치다! 남궁미인은 발끈하였으나 이내 혼란에 빠졌다. 기명자의 말이 광오하긴 하나 그야말로 자신을 지키려는 자이니, 어찌 아버지께 무례를 범했다 하여 화를 낼 수 있을까?

그런 남궁미인의 마음을 아랑곳하지도 않고 기명자가 말을 이었다.

"설마하니 천하의 검왕께서 이런 늙은이 하나 베려고 검을 쓰지는 않겠지?"

"…문중의 일이오. 외인은 비키시오."

기명자의 조롱을 더 참을 수 없었는지 남궁익의 어조가 날카로워졌다. 이는 비키지 않으면 베어버리겠다는 경고와도 같았다.

"끌끌, 나도 그러고는 싶은데 약조한 바가 있어서 말이지."

기명자는 진심으로 안타깝다는 듯 혀를 차며 말했다. 그 말을 알아들었는지 뒤쪽에서 취명이 따라 울었다.

이히히히히힝!

기명자가 엄지손가락으로 취명을 가리키며 말했다.

"저거 보게. 저 녀석도 아비로부터 딸을 지키고자 하는데, 주인인 내가 손만 빨고 있을 순 없지 않겠나?"

"……."

이쯤 되면 더 참을 수 없다. 이전까지는 검왕의 이름이 신경 쓰여 섣불리 손을 쓰지 못했다면, 이제부터는 어떤 식으로든 눈앞의 늙은이에게 제재를 가하지 못하는 쪽이 오히려 명성을 더럽히는 꼴이 되는 것이다.

"나를 원망하지 마시오."

짧은 한마디, 남궁익의 입에서 나오기 무섭게 한줄기 빛이 번쩍였다.

쉐엑!

기명자가 몸을 틀며 기함 소리를 냈다. 동시에 사선으로 그어진 빛이 기명자가 있던 자리를 스쳐 지나갔다.
"이크!"
정말 놀라서 낸 소리인지, 아니면 일부러 남궁익을 도발하려는 소리인지 알 길이 없었다. 그러나 여전히 실실대는 그의 얼굴 앞에는 몇 가닥 흰 터럭이 하늘거리고 있었다. 당장 두 조각이 났어도 이상하지 않을 판이었다.
'무섭구나, 무서워!'
기명자가 속으로 부르짖었다. 남궁익의 일검은 **빠르기도 빠르거니와** 그 예리함이 이제껏 보지 못한 경지였다.
'과연 명불허전이구먼. 이거 생각보다 훨씬 더 곤란하게 되었구나! 그나저나 이 성가신 놈은 언제나 오려나?'
한편 죽립 속 남궁익의 얼굴도 적잖이 놀란 표정이었다.
눈앞의 늙은이는 생전 처음 보는 자로, 겉보기로는 자신이 아는 무림의 그 어떤 인사와도 일치하는 바가 없었다. 더구나 무림인, 아니, 인간이라면 누구나 있어야 할 최소한의 기조차 느껴지지 않아, 바닥 없는 우물을 들여다보는 듯 그 무위를 도무지 짐작할 수가 없었다.
남궁익은 자신보다 더 높은 경지에 오른 고수라면, 당연히 자신이 그 깊이를 가늠하지 못할 거라 생각해 왔다. 그렇다면 눈앞의 늙은이가 바로 그, 남궁익이 평소 상상해 왔던 십왕보다 우위에 있는 고수인가? 그러나 시험 삼아 내민 일검에 반응하는 모습은 남궁익이 상정했던 가상의 상대와는 비교하기 어려웠다.

강한 것은 아니나, 가늠하기 어려운 상대.

'고민할 것 없다.'

이제껏 만나보지 못했던 유형의 상대다. 그러나 이제껏 상대해 온 자들과 다를 것은 없다.

잠시 흔들렸던 남궁익의 마음이 곧 바로섰다. 죽립 틈새로 비치는 눈빛 또한 정심해졌으니, 검왕이라는 칭호는 단순히 검을 쓰는 수법의 정묘함이 아니라 마음이 올라 있는 경지를 지칭한다는 편이 옳았다.

스스슥—

조용히, 기명자의 손이 움직였다. 엉성한 죽립 틈으로 기명자의 움직임이 들어오자 남궁익의 검도 절로 움직였다.

아니, 움직이려 한 순간.

"비켜주세요."

착 가라앉은 목소리가 두 사람을 멈춰 세웠다.

다시금 일어났다가 가라앉는 흙먼지를 헤치고, 남궁미인이 앞으로 나섰다. 기명자가 눈살을 찌푸리며 말했다.

"뭐 하는 게냐?"

남궁미인은 허리를 꼿꼿이 펴고 대답했다.

"아버님 말씀대로입니다. 지금부터는 문중의 일이니 우리

부녀가 해결해야 할 일이지요. 그렇지 않습니까?"

마지막은 남궁익을 향한 말이다.

남궁미인이 자신을 똑바로 바라보며 말한 적이 언제였던가? 남궁익은 고개를 끄덕였다.

"이거야 원······."

남궁미인이 강경하게 나오자 기명자는 곤란하다는 듯 머리를 긁적였다. 하지만 그의 몸은 이미 두 사람 사이를 벗어나 있었다.

이히히히히힝!

취명이 불만스럽게 울었다. 기명자는 얼굴을 찡그리며 다그쳤다.

"시끄럽다! 저렇게까지 나오는데 우리가 뭘 어찌하겠느냐?"

이히히······.

두 노마(老馬)의 실랑이 소리가 어째서인지 점점 멀어진다. 남궁익의 눈과 귀는, 언제 시간이 흘렀는지 모르게 훌쩍 커버린 딸의 모습만이 선명하다.

떨리는 목소리로, 남궁미인이 입을 열었다.

"소녀, 청이 하나 있사옵니다······."

청이 하나 있사옵니다.

그 말을 했던 기억 속 남궁미인의 모습 위로, 새벽안개 저

편으로부터 흐릿한 남궁미인의 그림자가 겹쳐졌다. 이윽고 남궁익의 눈 속에 남궁미인의 모습이 온전해졌다.

남궁익의 앞에 선 남궁미인이 고개를 숙였다.

"오래 기다리셨습니까?"

"아니다."

남궁익은 죽립을 눌러쓰며 대답했다. 죽립 끝 군데군데 맺혔던 이슬이 미끄러지며 하나로 모여 떨어졌다.

"……"

"……"

얼마 만에 맞는 두 사람만의 자리일까? 어쩌면 남궁미인이 태어난 후 처음일지도 모른다. 무슨 말을 어떻게 해야 할지 모르는, 타인보다 먼 부녀 사이로 침묵의 강이 흘렀다.

"…많이 컸구나."

남궁익이 먼저 입을 열었다. 가족 간에 차마 말하기 힘든 부분까지 아우른, 그런 말이었다. 그 속을 헤아린 남궁미인이 얼굴을 붉히며 대답했다.

"출가외인이 된 지 오래입니다."

"그……"

남궁익의 말이 입 속을 맴돌았다. 남궁미인이 재빨리 받았다.

"그 사람은 아직 자고 있습니다."

그 사람, 모용천.

남궁익은 모용천을 뭐라 불러야 할지 마땅한 말을 찾지 못했던 것이다. 남궁미인의 대답을 들은 남궁익의 얼굴이 죽립 안에서 잔뜩 일그러졌다.

"못난 놈!"

감정이 고스란히 묻어 나오는 한마디였다. 그렇게 내뱉은 한마디가 도리어 남궁미인의 마음을 편안하게 만들었다. 남궁미인은 웃으며 물었다.

"뭐가 그리 마음에 들지 않으십니까?"

"……."

남궁익의 입이 다시 닫혔다.

제 여자 하나 못 지키고, 죽으러 가는 길에 잠이나 자고 있단 말이냐?

결국 제 얼굴에 침 뱉는 꼴이 되었으니 저 말을 어찌 입 밖에 낸단 말인가? 제 여자 죽으러 가는 것도 모르는 놈이나, 제 딸을 죽이겠다고 득달같이 쫓아온 놈이나 못나기로는 난형난제란 말이다.

"……."

남궁익은 한참 말이 없고, 자신도 더는 할 말이 없었다. 남궁미인은 무릎을 꿇고 두 손을 내밀었다.

"무리한 청이라고 생각했습니다. 그럼에도 불구하고 들어주셨으니 어버이의 하해와 같은 마음, 하찮은 목숨 하나로 갚을 수 있다면 기꺼이 하겠나이다."

남궁미인의 목소리는 평온하였고 눈빛은 한 점 흔들림도 없었다. 흔들리는 쪽은 도리어 남궁익이었다.

"정말… 정말 괜찮겠느냐?"

품 안에 손을 넣은 채 남궁익이 물었다. 검왕의 진중한 음성이, 이토록 떨릴 줄 뉘라서 알 것인가?

"…예?"

남궁미인이 태연히 반문했다.

"예까지 와서, 이렇게 끝나도 괜찮겠냐는 말이다."

남궁익이 떨리는 목소리로 물었다.

마지막의 마지막.

이런 순간에 마음이 흔들리는 것은, 역시 아비의 눈을 넘어 훌쩍 커버린 딸의 모습이 갸륵하였던 탓이다.

"세가의 뿌리는 깊다. 흔들릴지언정, 뽑혀 고사할 만큼 녹록하지 않다는 말이다. 호북양가의 분노가 얼마만큼이든 세간의 눈총이 따갑든 모두 다 능히 받아낼 수 있다는 말이다."

"아버님……?"

뚝.

다시금 죽립 끝에 맺힌 이슬이 떨어졌다.
"사람이 어디 중원에서만 산다더냐? 저 사막 넘어, 바다 건너도 다 사람 사는 곳 아니냐? 너희만 좋다면……."
죽립에 가린 아버지의 얼굴이 남궁미인의 눈앞에 환히 펼쳐졌다. 그 환한 얼굴이 곧 흐릿하니, 일렁였다. 남궁익의 떨리는 목소리가 남궁미인의 가슴을 흔들고 만 것이다.
하지만,
"주십시오."
남궁미인은 단호히 말했다.
"……."
말을 잘린 남궁익은, 여전히 손을 품에 넣고 있었다. 남궁미인은 애써 눈물을 참으며 말했다.
"괜찮습니다, 소녀는 괜찮습니다. 세가에 더 이상 누를 끼칠 수 없습니다."
"세가는 신경 쓸 것이 없다 하지 않았느냐!"
결국 남궁익이 고함을 질렀다.
격정을 토로한 부친 앞에서, 딸은 빙그레 미소 지었다.
"깊이, 깊이 새기겠습니다. 하지만 제 마음은 변함없습니다. 지난 시간, 양 부인이 아니라 남궁미인으로서 행복했습니다. 그러나 그만 끝내야 할 때입니다."
"어째서냐? 그렇게 살겠다고, 살아남겠다고 예까지 온 게 아니냐? 내가 허락하겠다는데 왜 굳이 죽겠다는 것이냐?"

남궁익의 손이 품에서 빠질 줄 몰랐다. 남궁미인은 고개를 저으며 대답했다.

"죽겠다는 것이 아닙니다."

"……."

"그 사람을 살리겠다는 것입니다."

나로 인해 괴로워하는 그 사람을, 이제 놓아주어야겠습니다.

품 안의 자식이라 했던가? 남궁익은 자식을 품어본 적이 없는, 낙제점을 맞아도 할 말이 없는 부모였다. 그러나 어느새 훌쩍 커버린 딸의 얼굴이, 이토록 생소해 보일 줄은 꿈에도 생각지 못했던 일이다. 물기 가신 남궁미인의 눈동자에 이끌려 남궁익의 손이 품에서 빠져나왔다.

한 뼘도 채 안 되는 길이의 단도가, 남궁익의 품에서 남궁미인의 손안으로 옮겨졌다.

"…그게 정녕 네 뜻이냐?"

미련을 버리지 못하고 남궁익이 다시 물었다. 세상의 부모란 모두 이렇게 미련한 존재이던가?

남궁미인은 웃으며 고개를 끄덕였다.

"예."

웃는 남궁미인의 손안에서, 단도가 차가운 이를 드러냈다. 마침 땅 위로 새어 나온 햇빛이 반쯤 드러난 도신에 부딪쳐 산란했다.

남궁미인은 고개를 조아렸다.

"모쪼록 옥체 보전하시옵소서."

"……."

남궁익은 더 누를 수도 없이 깊이 쓴 죽립을 또 눌렀다. 남궁미인은 가느다란 목을 길게 빼고, 두 손 모아 쥔 단도를 높이 들었다.

그때,

"멈춰! 그 손 멈춰!"

모용천의 울부짖음이 새벽을 찢었다. 안개를 헤치며 무서운 기세로 모용천이 달려오고 있었다.

"상공……."

고개 돌려 모용천을 바라보는 남궁미인의 눈이 애틋했다. 사모의 정으로 흘러넘치는 그 눈이, 제 아비를 찾았다.

남궁익은 딸의 눈을 보며, 그 얇은 입술이 부른 한마디를 되뇌었다.

"상공… 상공……."

휘익!

남궁익의 신형이 흐려지더니, 달려오는 모용천을 향해 쏘아졌다. 전속력으로 달려오는 모용천과 남궁익이 충돌하였다.

콰콰콰쾅! 콰쾅!

두 자루 검이 부딪치며 내는 소리가 차라리 화포가 터지는 듯 천지를 뒤흔들었다. 그 충돌의 근원으로부터 발생한 기운이 새벽안개를 단숨에 걷어냈다.

때마침 고개 내민 해가 흩어진 안개를 정리했다. 순식간에 환해진 시야, 자신을 막아선 남궁익 너머로 남궁미인의 모습이 모용천의 눈 안에 들어왔다.

아니, 들어오지 않았다.

화악―

지면 위로 올라온 햇살이 정확히 남궁미인의 머리 뒤에서 모용천의 눈으로 쏘아지는 것이었다. 사위가 환한데, 오직 남궁미인의 얼굴만이 어두워 보이지 않았다.

핏발 선 눈에 보이는 것은 오로지 그림자뿐인 남궁미인이었다.

"……."

보이지 않는 남궁미인의 입술이 움직인 것 같았다. 그러나 그 말을 읽기에는 빛이 너무 강했다.
 남궁미인의 그림자는 곧 모용천에게서 고개를 돌렸다.
 "비켜! 비켜!"
 목에 핏대를 세우며 모용천이 소리쳤다. 그러나 남궁익의 검은 산처럼 무거워 뿌리칠 수도, 피할 수도 없었다.
 "멈춰! 멈추란 말이야!"
 모용천의 외침에도 아랑곳하지 않고, 치켜든 손이, 그 안에서 햇빛을 산란하는 단도가, 그림자뿐인 남궁미인의 목 위로 떨어졌다.

*　　　*　　　*

 "……."
 마주 비쳐 오는 햇살에도 불구하고 모용천의 동공이 커다랗게 확장됐다. 무엇을 보았는지, 아니, 무엇을 보고 있는지 모용천의 얼굴에 다급했던 표정이 사라졌다. 표정과 함께 핏기도 사라지고 그저 떠오르는 아침 햇살이 그 얼굴을 하얗게 물들이고 있었다.
 "……."
 자신의 등 뒤에서 무슨 일이 일어났는지, 그럴 리 없겠지만 확장된 동공에 비치지나 않을까 남궁익은 모용천의 눈을 들여다봤다. 물론 그 속에 보이는 것은 아무것도 없었다.

아무것도.

"…으아아아아악!"

아주 잠깐 멍해 있던 모용천이 이내 소리를 질렀다. 동시에 남궁익에게로 무시무시한 경력이 밀려들어 왔다. 그 내력의 크기에 놀란 남궁익이 속으로 부르짖었다.

'어찌 이런!'

하늘의 변덕은 땅으로 하여금 몇몇 선택된 자들을 낳게 한다. 그러나 찰나와 같은 인간의 생이 세대를 이어 축적해 나간 자산은 종종 천부의 재능에게도 벽으로 작용하는 법이다. 여느 분야와 마찬가지로 무공에도 그런 벽이 있었으니 바로 내공이다.

선인의 내공을 받든, 혹은 전설 속의 영약이나 영수의 내단을 얻는 등의 기연을 얻지 않는 이상 내공은 절대적으로 수련의 기간과 비례한다. 더구나 기연은 말 그대로 기연. 쉬이 일어나거나 경험할 수 없는 일이기에 기연이다.

그러니 제아무리 빼어난 무재를 지닌 젊은이도 내공만큼은 어떻게 할 길이 없어야 정상이다. 타고난 재능을 살리기 위해 수많은 영약과 치밀한 계획하에 육성된 남궁익도 내공이라는 벽 앞에서 자유로울 수 없었던 것이다.

와르르—

상식이라는 땅 위에 경험이 구축한 관념이 뿌리째 흔들리며 남궁익의 머릿속은 들릴 리 없는 굉음으로 가득했다. 검을 통해 전해지는 모용천의 내력이 그만큼 놀라웠다.

그러나…

카앙!

쇳소리와 함께 모용천의 신형이 뒤로 날아갔다. 검왕이라는 이름이 그리 녹록하지만은 않다는 것을 증명하려는 듯, 밀려들어온 것의 몇 배나 되는 내력이 모용천에게로 쏟아진 것이다.

몇 장을 날아간 모용천이 신형을 바로 세웠다.

"……"

태산처럼 버티고 서 있는 남궁익의 뒤로, 이제야 남궁미인의 모습이 보였다. 가는 목 찢어진 틈으로 더운 피가 끊임없이 흘러나오고 있었다.

꿈틀.

핏물 위에 늘어진 손끝이 아주 미세하게 꿈틀거렸다. 그러나 모용천에게는 남궁미인이 벌떡 일어난 것만큼 눈에 확 들어오는 장면이었다.

쉬익!

모용천의 신형이 남궁미인에게로 쏘아졌다. 그러나 그 앞을, 다시금 남궁익이 가로막았다.

카카캉! 캉! 카캉!

나는 듯 달리던 모용천의 두 발이 허공에 뜬 채로 다섯, 한 발이 땅을 짚고서 넷, 그 발을 퉁겨 뒤로 물러나며 셋.

나아가고 물러나는 세 번의 동작, 그 눈 깜짝할 새 도합 열두 개의 불꽃이 허공에 일어났다. 공방을 나눌 수 없이 빠른 쾌검의 교환이었다.

한 장을 더 물러선 모용천이 소리쳤다.

"뭐 하는 거요! 어서 구해야 하오!"

"……."

남궁익은 대답 대신 죽립을 들어 모용천과 시선을 마주쳤다. 그의 눈은 누구를 향한 것인지 알 길 없는 분노로 이글거리고 있었다.

"이익!"

절대 비켜줄 수 없다는 굳은 의지가 온몸으로 전해진다. 모용천은 이를 악물고 남궁익에게 달려들었다.

"……!"

검을 고쳐 쥔 남궁익의 눈에 이채가 서렸다. 일직선으로 달려오던 모용천이 몸을 비틀며, 그의 검도 따라서 일그러진 원을 그리는 것이었다.

휘익!

모용천의 검이 종잡을 수 없는 궤도를 그리며 남궁익을 압박해 들어왔다.

캉! 카캉!

다시금 허공에 피어나는 불꽃, 쇠 긁는 소리.

카앙! 캉!

몇십, 몇백인지도 모를 불꽃 속에서 모용천이 외쳤다.

"대체 뭐 하는 거요! 당신 딸이 저기 죽어가고 있는데! 아직 살아 있는데!"

"…미련한 놈!"

남궁익은 짧게 말하고 검을 뿌렸다.

쉐엑!

남궁익의 검이 최단거리를 밟으며 모용천의 가슴속으로 파고들었다. 짧게 뱉어낸 말만큼이나 간결하고, 또 치명적인 일검이었다.

"……!"

모용천은 대경하여 몸을 돌렸다. 검압이 일으킨 바람이 그의 가슴팍을 훑고 지나갔다.

치이익!

빗나간 검기에 휘말려 모용천의 앞섶이 찢겨 나갔다. 드러난 가슴에도 한 가닥 혈흔이 생겨났다.

"미련하다고?"

너덜너덜, 거추장스러운 윗도리를 찢어내며 모용천이 말

꼬리를 올렸다. 대선배에 대한 경의는 사라진 지 오래였다.

남궁익이 소리쳤다.

"그래, 이 미련한 놈! 눈에 보이는 것만 보지 말고 생각을 해라! 저 아이가… 왜 스스로 죽으려 했는지 말이다!"

남궁익의 한마디가 모용천의 머리를 세게 쳤다. 멍한 머리로, 모용천이 반문했다.

"스스로… 죽으려 했다고?"

"그래! 무한에서 이 사천 땅까지, 살기 위해 그 먼 길을 온 아이다. 그래, 살기를 원했으니 살아야 할 아이였다! 그런 아이를… 너는 왜!"

우우우우웅!

분노에 찬 고함 소리와 함께 남궁익의 기가 폭발했다. 남궁익의 몸에서 뿜어져 나오는 기운이 강한 소용돌이를 형성하여 자신과 모용천, 남궁미인의 시신을 감싸 돌기 시작했다.

남궁익이 두 눈을 부릅뜨며 외쳤다.

"내 딸을 죽인 건 너다!"

그리고 나다.

내뱉지 못한 말을 삼키고, 남궁익은 모용천을 향해 검극을 겨누었다. 무형의 검기가 가슴을 관통하는 듯, 짜릿한 통증이 느껴졌다.

"그게 무슨 소리야!"

모용천이 소리쳤다.

남궁미인을 죽인 것이 나라니, 그게 대체 무슨 소리인가?

그녀를 품고 싶어도 품을 수 없는 자격지심에 괴로워하던 시절이 있었다. 그것이 자신뿐 아니라 남궁미인을 괴롭혔다는 사실도 이미 알고 있다.

하지만, 남궁미인은 그러한 일들을 모두 감내하고 안아주지 않았던가. 모든 미혹을 씻고 나아갈 수 있도록, 먼저 다가와 주지 않았던가.

이어지는 남궁익의 말이, 맨살을 드러낸 모용천의 가슴을 후벼 팠다.

"내 딸이, 네놈을 살리기 위해 죽겠다 하였는데 그 뜻을 내가 어찌 알 수 있단 말이냐? 묻고 싶은 건 나다. 대체 그게 무슨 소리인지 네놈이 모른다면 누가 안단 말이냐?"

모용천은 입술을 깨물며 대답했다.

"모른다! 그게 무슨 말인지 내가 알 게 무엇인가!"

"놈……!"

"어쨌든 비켜! 당장 그녀를 의원에게 데려가지 않으면……!"

"못난 놈!"

모용천의 말을 가로막고, 남궁익의 호통이 벼락처럼 정수리 위로 꽂혔다.

"제발 생각을 좀 해라! 정녕 내 딸의 죽음을 헛되이 할 작정이냐? 무슨 마음으로 목숨을 버렸는지, 그걸 정말 모르겠단 말이냐?"

남궁익의 한마디, 한마디가 날카로운 꼬챙이가 되어 모용천을 꿰뚫었다. 짐작하고 싶지 않은 남궁미인의 속을, 억지로 떠올리게 만든 남궁익이 원망스러웠다.

깨문 입술에서 피가 터져 나왔다.

화악—

입안에 퍼지는 피비린내가 모용천의 격정을 가라앉혔다. 모용천은 혼잣말처럼 말했다.

"그게… 정말 내 탓이란 말이오?"

우리 모두의 탓이지.

말 아닌 검으로.

무거운 내력과 날카로운 쇠붙이가 대답을 대신했다. 일순간 흔들린 남궁익의 신형이, 모용천의 앞에 나타난 것이다.

남궁익의 첫 선공(先攻)이었다.

카앙!

"크윽!"

검격은 간신히 막아내었으나 뒤이어 밀려오는 내력이 더

치명적이다. 모용천은 자신도 모르게 신음을 흘렸다. 그 소리에 기합 소리가 섞여 모용천의 귀를 때렸다.
"하압!"
놀랍게도 남궁익이 기합 소리를 내며 다시 검을 내려친 것이다. 검은 산처럼 무겁게 모용천의 머리 위를 짓눌렀다. 모용천은 다시 검을 들어 남궁익의 검을 막았다.
카앙!
다시 한 번.
카앙!
카앙!
카앙!
전 무림인 중 가장 검을 잘 쓰는 자라 하여 검왕이라 칭송받는 자의 검이라기엔 너무나 투박하고 단순했다. 내력 실은 검을 들어 내려치고, 막히면 다시 내려치기를 반복하는 이 행동은 검법이라기보다 차라리 필부의 도끼질에 가까운 것이다.
그러나 그 도끼질이나 다름없는 검격이 세상 무엇보다 무섭다는 것은 당하는 자만이 알 일이었다.
'이자가……!'
투박한 검격에 실린 남궁익의 의사는 모용천에게로 고스란히 전해졌다. 남궁익은 지금 모용천과 검을 겨루는 것이 아니었다. 모용천이 결코 뛰어넘을 수 없는 영역, 바로 내력으로 탈진시키겠다는 의도였다.

카앙!

무겁고 또 무거운 검격이 다시 한 번 모용천을 압박했다. 한 번의 검을 받아낼 때마다 밀려들어오는 내력에 맞서고자 모용천도 내력을 일으키니, 시간이 지날수록 진기는 고갈되어 가고 있었다.

채앵!

견디지 못한 검이 비명을 지르며 제 몸을 포기했다. 이가 다 빠진 검신이 바닥에 떨어지고, 모용천의 손안에는 반 토막 난 검 아랫부분만이 남아 있었다.

"……."

이미 모용천은 모든 내력을 상실해, 두 다리로 서 있기도 힘든 상태였다. 반면 남궁익의 검은 멀쩡하였고 사지를 놀리기에도 어려움이 없어 보였다.

검이 아니어도 이 승부는 모용천의 패배가 명확했다.

털썩!

끝내 견디지 못하고 모용천이 한쪽 무릎을 꿇었다.

이미 마음으로부터 무너졌던 모용천이다. 검수 간의 겨룸으로써는 고금에 유례를 찾아볼 수 없는 경우라고 하나 일반적인 싸움이었다 한들 이길 수 없었을 것이다.

"이게 끝이냐?"

무릎 꿇은 모용천에게 남궁익이 물었다. 남궁익의 목소리도 잔뜩 지쳐 있었다.

이러한 싸움의 양상이 드물다는 까닭은 일반적인 내력의 겨룸과 다르기 때문이다. 내력의 크기를 다투어 승부가 난 쪽으로 기우는 것과 달리, 지금 남궁익이 몰고 간 싸움은 자신의 내력을 소진해 가며 싸우는 것이었다. 전자가 이긴 쪽의 내력이 절반 이상 남아 있다고 한다면, 후자는 승자도 패자도 단전의 진기마저 잃어버리는 것이니 천하에 누가 이러한 싸움을 할 것인가?

아니, 이는 이미 싸움이라고 할 수도 없는 행태였다. 분노보다 더 지독한 원망이 서린 자들이라야 가능한 일이었다.

"…죽이시오."

고개를 숙인 모용천이 나직이 대답했다. 그대로 내려치라는 듯, 길게 뺀 목이 남궁익의 눈 아래 드러났다.

"못난 놈!"

퍼억!

남궁익이 일갈하며 모용천을 걷어찼다. 모용천의 몸이 몇 장을 날아가 땅에 처박혔다.

"끝까지 내 딸을 농락할 작정이냐!"

일갈하는 남궁익의 얼굴이 어느새 몇 년은 늙어 있었다. 강호제일의 미남자라는 명성이 무색하게도, 지금 순간만큼은 자식 잃은 부모에 지나지 않았다.

"크헉!"

멀리서 널브러진 모용천이 한 움큼 피를 쏟았다. 억지로 상체를 일으키다 진탕된 속이 역류한 탓이다.

"…죽이시오."

한가득 피를 쏟아내고도, 모용천은 같은 말을 반복했다. 죽이시오. 나를 죽여주시오. 그 말 외에 달리 무슨 말을 한단 말인가?

그러나 남궁익은 모용천의 말을 무시하고 등을 돌렸다.

"……."

흙이, 풀이 다 마셔 버렸는지 흥건하던 피도 사라지고 흔적만 남아 있었다. 남궁익은 남궁미인의 시신을 안아 들었다.

"…죽든 살든 네 마음이겠지만, 내 도움을 받을 생각은 말아라. 이 아이의 마지막 부탁이었으니까."

남궁미인은 마지막까지, 모용천을 살려달라고 하였다. 그러니 남궁익이 어찌 모용천의 청을 들어주겠는가?

"……."

남궁익의 말을 듣고도 모용천은 자리에 누운 그대로였다. 그런 모용천을 바라보는 남궁익의 시선에는 분노와 경멸, 연

민이 혼재되어 있었다.

"생사는 운명이니, 모두 다 너의 몫이겠지."

차갑게 내뱉고, 남궁익은 걸음을 옮겼다.

남궁미인의 시신은 무거웠다. 같은 무게일지라도 시신이 산 자보다 더 무겁다는 의미가 아니었다.

남궁익의 두 팔이 기억하는 남궁미인의 무게는, 그녀가 아직 두 발로 걷기도 서툰 때였다. 남궁익에게 있어 남궁미인의 무게란 그 후로 이십 년 가까이 지난 지금까지도 딱 그 정도에서 멈춰 있었던 것이다.

식어버린 남궁미인의 시신을 안고 걸어가던 남궁익이 멈춰 섰다. 그의 앞을 한 남자가 가로막고 서 있었다. 당사윤이었다.

"아직도 가지 않으셨소?"

죽립을 깊게 눌러쓴 남궁익이 물었다. 당사윤은 빙그레 웃으며, 그러나 곧 화난 표정을 지으며 말했다.

"나를 속이셨더군?"

"…속였다?"

"개가라느니, 사위라느니! 문중의 일로 위장하고 그놈을 내게서 떨어뜨려 놓은 게 아니오?"

"……."

"나는 또 남궁세가가 무림과 호북양가의 질타를 감내하고 모용천이라는 놈을 감싸 안겠다는 줄 알았지 뭔가? 천하의 검왕께서 그리 궁색한 거짓말로 나를 속일 줄 누가 알았겠소?"

당사윤은 무서운 얼굴로 남궁익을 추궁했지만 그리 화가 난 것처럼 보이지는 않았다. 남궁익은 여전히 죽립 뒤로 얼굴을 감추고 대답했다.

"당 형을 속였다라… 마음대로 생각하시오. 내가 궁색한 거짓을 했다면, 그 말이 맞는 것이겠지."

"허어!"

남궁익의 힘없는 대답이 오히려 놀라웠다. 무엇보다 지금의 남궁익의 기도는 십왕이라는 이름에 어울리는 것이 아니었다. 마치 패배한 듯, 어깨를 축 늘어뜨린 남궁익의 어디에서도 검왕에 걸맞은 모습을 찾기 어려웠다.

"더 할 말이라도 있소?"

피곤이 잔뜩 묻어나는 어투로 남궁익이 물었다. 당사윤이 바로 대답하지 못하자, 남궁익은 기다리지 않고 그를 지나쳤다.

"없으면 이만 가겠소."

지나쳐 가는 남궁익의 발걸음이 무거웠다. 돌아보지 않는 당사윤의 입가에 웃음이 떠올랐다.

휘익!

지평선 너머로 남궁익의 모습이 사라지자 당사윤의 옆에

그림자 하나가 튀어나왔다. 귀신처럼 나타난 노인은 당사윤에게 고개를 숙였다.

"이대로 보내실 겁니까?"

노인의 말투는 태도만큼 공손하지 않았다. 얼핏 불경하게까지 들리는 사내의 말에도 당사윤은 웃음을 잃지 않고 대답했다.

"이대로 보내지 않으면? 지금 검왕과 드잡이라도 하라는 말이냐?"

노인, 당사득(唐辭得)이 소리쳤다.

"가주!"

당사득은 취독요로(取毒妖老)라고 강호에 알려진 전대의 고수다. 일선에서 물러난 지 십 년. 지금은 취독요로라는 이름보다 사천당문의 가주를 보좌하는 직분에 충실한 자였다.

당사윤은 얼굴을 찡그리며 말했다.

"바로 옆에서 그렇게 소리를 지르면 어떡하나? 귀청 떨어지겠구먼."

"제가 언제 가주더러 그런 비열한 짓을 종용했습니까? 제 말 뜻은 그런 게 아니라……."

당사윤은 손을 들어 당사득의 말을 멈췄다.

"어차피 뭘 해도 소용없네. 남궁세가는 틀렸어."

"예?"

당사득이 눈을 크게 뜨며 물었다. 영문을 모르는 전대의 고수에게, 당사윤은 친절히 설명해 주었다.

"직접 보고도 모르겠나? 검왕이 저 모양인데 무슨 강호에 무슨 행세를 하겠나? 기껏해야 호북양가의 양해를 구하는 게 고작일 테지."

"그게 무슨 말씀이신지……?"

"두고 보면 알게 될 걸세. 이만 돌아가지."

당사윤은 당사득의 어깨를 팔을 두르며 말했다. 당사득은 의혹이 풀리지 않은 얼굴로, 눈살을 찌푸리며 말했다.

"저 모용천이라는 자는 저대로 놔두실 겁니까?"

"약속을 했으니 어쩔 수 없지. 남궁세가는 거짓으로 상황을 모면했지만, 그렇다고 우리까지 한 번 한 말을 번복할 수야 없지 않은가? 그도 그렇고……."

당사윤은 의미심장한 미소를 지었다.

"살려두는 편이 더 재미있을 것 같단 말이지."

*　　　*　　　*

해는 어느새 둥근 본모습을 되찾아 땅 위에 볕을 내리고 있었다. 황량한 사천 땅 구석, 남궁미인도 남궁익도 사라진 자리에 모용천 홀로 앉아 있었다.

단전은 텅 비었고 온몸의 근육은 비명을 지르고 있다. 남궁익이 유도한 비상식적인 싸움의 결과다.

"……."

그러나 경련하는 근육에 고통스러워할 감각도, 운기조식으로 텅 빈 단전을 채울 정신도 남아 있지 않았다. 텅 빈 눈과 그보다 더 비어버린 머릿속. 모용천은 살아도 산 것 같지 않은 상태였다.

어디서부터 잘못되었는지.

무엇이 잘못이었는지.

수없이 되돌리고 되돌려 보아도 알 수 없었다.

다만 이 상황이.

남궁미인이 스스로 죽었다는 이 현실이.

그럼으로써 자신을 자유롭게 하겠다던 마지막 말이.

그 말을 전해준 남궁익의 일갈이 끊임없이 모용천의 귓속을 맴돌았다.

그리고 눈앞에서 되풀이되는 장면.

떠오르는 해에 가려 읽을 수 없던 그 입술이.

내 살에 온기를 주었던 그 손이.

인형놀이하듯 그림자뿐인 목으로 단도를 꽂아 넣던 그 장면만이 모용천의 눈 속에서 되풀이되고 있었다.

그렇게 한참을 앉아 있던 모용천의 머리 위에 그늘이 드리웠다. 어디서 나타났는지도 모를 흑의인이 그의 앞에 선 것인데, 모용천은 아무 관심도 없는 듯 눈동자조차 움직이지 않고 있었다. 그의 눈은 여전히 남궁미인의 마지막을 반추할 뿐, 외부의 변화를 무시하고 있었던 것이다.

'이거 완전히 맛이 갔군.'

모용천을 내려다보는 흑의인, 향망의 머릿속에 절로 떠오른 생각이었다.

제마성의 부성주, 천리안 진첩결의 명을 받아 온 향망이다. 그는 본래 잠입과 은신에 능한 고수로 진첩결이 수족과 같이 부리던 자였다. 향망의 존재는 특별히 성 안에서도 비밀에 부쳐 있었는데, 이는 그가 성 외의 일이 아니라 주로 성내의 일을 도맡아 하기 때문이었다. 향망의 주된 임무, 그가 진첩결에게 보고하는 사항들은 성 외부의 적이 아니라 성내의 인사들에 관한 것이었다.

애초 예상대로라면 모용천은 마왕의 손에 의해 죽었어야 했다. 그 시신을 수습하여 최대한 처참한 상태로 만들어온 무림에 본보기로 삼도록 하는 것이 향망의 일이었으니까.

그러나 놀랍게도 모용천을 노린 것은 마왕 혼자만이 아니었다. 검왕과 독왕까지, 십왕 중 세 사람이 모용천이라는 애송이를 쫓아 움직인 것이다.

향망은 일신상의 무공도 일류고수에 가까웠으나 기본적으

로 자신의 위치를 진첩결의 수족으로 파악하고, 스스로의 역할에 제한을 두는 자였다. 마왕이 모용천의 얼굴도 보지 않고 물러났으니, 향망 자신이 모용천을 어찌할 수는 없는 일이었다.

그런데 마침, 검왕이 모용천의 내력을 모두 고갈시켰으니 어떻든 임무를 완수할 조건이 갖춰진 것이다.

저 무림 역사상 유례없을 소모적인 방식의 싸움. 향망은 그 싸움의 유일한 목격자였다. 모용천이 자신에게 대항할 상태가 아님을 확신하고서야 그 앞에 모습을 드러낸 것이다. 물론 지금 모용천은 내력이 남아 있을지언정 어떤 일도 하지 못할 상태였지만.

촤락―

작은 소리와 함께 향망의 손에 대여섯 자루 단도가 쥐어졌다. 어느 것은 날이 톱 모양이었고, 또 어느 것은 끝이 구부러진 갈퀴 모양이었다. 일반적인 모양의 단도는 하나도 없었으니, 진첩결의 주문을 수행하기 위해 특별히 제작한 것들이었다.

"……."

제 목숨을 거두기 위한 준비가 끝났는데도 모용천은 아무런 반응도 보이지 않았다. 손가락 하나 까딱할 힘이 없기도 하였으나, 이미 그의 정신은 외부와 단절되어 제 안으로 끝없이 침잠해 가는 중이었다. 아니, 차라리 누군가 자신을 죽여 주었으면 하는 바람이 실현되려 하고 있었으니 굳이 저항할 이유가 없을지도 모른다.

　실제로 향망의 특수한 단도들이 살갗에 닿을 때까지도. 그리고 향망의 머리가 터져 뇌수가 눈가에 튈 때까지도 모용천은 손끝 하나 움직이지 않았다.

　퍼억!

　머리가 으깨진 향망의 몸뚱이가 모용천의 몸 위로 쓰러졌다. 뇌수 섞인 피가 머리 위로 흘러내렸다.

　"끄응!"

　누군가 엄살 섞인 소리를 내며 향망의 몸을 치웠다.

　츄르릅!

　까칠한 무언가가 모용천의 볼을 훑으며 흐르는 뇌수와 피를 씻어갔다.

　또다시 죽음의 문턱을 넘지 못한 모용천이, 비로소 고개를 들었다. 허망한 눈동자 속에서 기명자와 취명이 웃고 있었다.

오대산 깊은 곳에 세워진 제마성.
　불길한 것은 단순한 이름만이 아니다. 사파의 뭇 마두들을 한곳에 모았으니 그들의 기운이 어디로 가겠는가? 제마성이 그 존재를 무림에 드러낸 것은 이제 일 년에 불과하였으나 이들이 오대산에 자리 잡은 지는 그보다 훨씬 더 오랜 시간이 지난 터. 내로라하는 마두들이 한데 모여 형성한 불길한 기운은 이미 제마성을 벗어난 지 오래였다.
　그 불길한 기운은 마치 그들의 주인, 마왕의 마천상야공처럼 유형의 영역으로 넘어와 청수한 오대산을 어둔 빛으로 물들이고 있었다.

끼이이익!

어둔 기운에 휩싸인 오대산을 아래에 두고, 창공을 날던 한 마리 새가 길게 울었다. 고도로 훈련된 전서구에게도 야성의 본능이 남아 있는지, 귀향을 꺼리는 울음소리였다.

그러나 본능을 누르기 위한 훈련이다. 허공을 몇 바퀴 맴돌던 새는, 결국 마음을 굳힌 듯 하강을 시도했다.

쉬익!

눈 깜짝할 새 수백 장을 낙하한 새는 우아한 날갯짓으로 제 몸을 가누더니 조심스레 한 팔 위에 내려앉았다. 바로 부재중인 마왕을 대신해 실질적으로 제마성을 이끌고 있는 부성주, 천리안 진첩결이었다.

"……."

전서구가 전해온 문서를 읽는 진첩결의 표정이 기묘했다. 좋아해야 할지, 그렇지 말아야 할지. 보는 사람만이 아니라 당사자도 제 마음을 종잡을 수 없다는 그런 표정이었다.

진첩결은 전서구를 손수 새장에 넣고 제자리로 돌아왔다. 그리고는 책상 위에 놓인 작은 종을 흔들었다. 신호인 듯, 문이 열리고 한 사내가 방 안으로 들어왔다.

"부르셨습니까?"

진첩결은 말하기도 귀찮다는 듯, 전서구가 가져온 문서를 내밀었다. 문서를 받아 든 사내의 얼굴이 밝아졌다.
"주군께서 돌아오시는 겁니까?"
진첩결은 대답 대신 고개를 끄덕였다. 사내의 주군은 진첩결에게도 마찬가지로 주군이다. 제마성 안에서 주군이라고 불릴 자는 한 사람뿐이지 않은가?
"그러잖아도 걱정이 많았는데, 무사히 돌아오신다니 정말 다행입니다."
중년의 사내는 가하균(柯河均), 진첩결의 밑에서 일하는 자 중 하나였다. 가하균은 진심으로 기꺼워하며 주군의 귀향을 반기고 있었다.
사람들이 생각하는 것처럼 제마성이 꼭 사파의 마두들만 모인 곳은 아니었다. 물론 제마성이라는 이름과 그 설립 취지가 그런 오해를 사기 쉽기는 하나, 당연하게도 그 안에는 고수 아닌 자들이 더 많을 수밖에 없다. 식사나 청소 등 성내 구성원들의 생활을 지원하고 책임지는 자들까지 고수일 수는 없는 일이니 말이다.
가하균이라는 사내는 간단한 호신술 정도를 익힌 게 전부로 제마성의 하급 무사도 당하지 못할 정도였으나, 탁월한 업무 처리 능력이 진첩결의 눈에 띄어 높은 자리에 오른 경우였다.
"끝까지 읽어보게."
진첩결은 탐탁잖은 목소리로 말했다.

"예? 예… 아하! 넷째 마님도 함께 돌아오시는군요."

가하균은 목을 길게 빼며 조심스럽게 말했다.

"이것 때문에 기분이 나빠지셨군요?"

"이렇게 중요한 시기에 그 요물이 돌아온다니 기분이 좋을 리 있겠나? 돌아오자마자 혼례를 치른다 하니 또 한바탕 소란이 일 게 아닌가?"

가하균은 손가락을 꼽아보며 말했다.

"예정보다 일 년이나 앞당겨졌군요. 어쨌든 마님이 돌아오신다는 건 본 성의 전력이 비로소 온전히 갖추어졌다는 의미이니 좋은 일이 아닙니까?"

제마성이 보유한 고수들 중 황종류를 제외한 최강의 전력은 한동안 성을 떠나 있었다. 가하균이 마님이라고 부르는 이, 서해영을 호위하며 무림을 떠돌고 있는 절창 기소위가 바로 그였다.

절창을 칭송하고 떠받드는 수많은 수식어 가운데 하나를 꼽자면 단연 '십왕에 가장 가까운 자'일 것이다. 십왕에 견주어도 손색이 없을 정도의, 아니, 십왕과 동격으로 취급해야 할 고수가 바로 기소위였다.

서해영의 귀환은 곧 기소위의 귀환을 뜻함이니 제마성으로서는 천군만마를 얻음이나 다름없다. 자연히 좋아해야 할 일이건만, 진첩결의 얼굴은 그리 밝지 않았다.

"그렇게 간단한 일이 아닐세."

혼란한 강호 정세와 맞물려 급속히 세를 불리고 있는 제마성이지만 현실은 그리 녹록치 않았다. 문제는 성 밖만이 아니라 내부에도 산적해 있었다.

가장 큰 문제는, 제마성이 구성원들을 완전히 장악하지 못하고 있다는 것이었다.

물론 모두가 마왕의 압도적인 힘 앞에 무릎 꿇은 자들이다. 황종류를 주군으로 받드는 마음만큼은 의심의 여지가 없었다. 그것이 전제가 되지 않으면, 이토록 제멋대로인 자들이 한데 모일 수도 없었을 터이니 말이다.

문제는 바로 그 지점에 있었다.

외오각주와 비사면주를 비롯한 제마성의 고수들, 즉 이름난 사파의 거마들이 충성을 바치는 대상이 바로 마왕이라는 것이 문제였다.

제마성의 존재 의의는 물론 일차적으로는 마왕을 중심으로 한 무림 일통이었지만, 더 나아가 제마성이라는 이름을 무림의 주인으로 영속시키는 것이 궁극적인 목표라 할 수 있었다. 그러기 위해서는 저 사파의 마두들에게 정파인들과 같은, 사람이 아닌 단체에 대한 충성을 요구해야 하는데 그게 도무지 쉽지 않은 것이다. 당장 부성주라는 직책을 지닌 자신의 말도 따르지 않는 자들에게 무슨 성에 대한 충성을 바랄 수 있단 말인가?

진첩결의 기준에 따르면 제마성의 전력들 중 온전히 쓸 수 있는 자들은 채 삼 할도 되지 않았다. 나머지는 모두 마왕을 제마성과 동일시하거나, 혹은 아예 별개로 치부하는 자들이었다. 그들은 만에 하나, 황종류의 몸에 이상이라도 발생한다면 당장 태도를 바꿀 자들이다.

물론 황종류는 이제 막 오십대에 접어들어 노쇠라는 단어가 어울리지 않는 자였다. 그의 경이로운 무공을 감안한다면, 앞으로도 이십여 년은 문제없이 강호에 군림할 것이라고 누구나 예측할 수 있었다.

그러나 천하의 마왕도 시간 앞에서는 필부와 다름없다. 그도 언젠가는 사지를 가누지 못하고 쇠약해질 때가 올 것이다. 그보다 먼저 진첩결이 죽을 테지만, 그러한 사실을 떠올릴 때마다 새삼 걱정이 되는 것이다.

혼신의 힘을 기울여 일구어놓은 이 제마성이, 과연 자신과 마왕의 사후 얼마나 지속될 것인가?

누구도 대답할 수 없는 이 질문에, 진첩결은 이미 대답을 보고 있었다. 마왕이 아닌 제마성이라는 이름이 저들에게 어떠한 영향력도 끼치지 못함을 보다 보면, 누구라도 그 답을 알 수 있을 것이다.

제마성의 구성원들 중 일부는, 벌써부터 무림 일통을 이루기라도 한 듯 행동하기도 하며 또 일부는 다음 대의 마왕에게 영향력을 행사하려고도 하고 있었다.

이미 외전각주 섭영귀가 마왕의 장남인 황무기와 함께 무진총에서 버티고 있지 않은가? 부성주인 자신의 이름으로 몇 번이나 귀환 명령을 내렸건만 응하지 않은 것엔 여러 이유가 있겠지만, 근본적으로 섭영귀가 충성을 바치는 대상이 마왕이기 때문이었다. 그가 진정으로 마왕과 제마성을 동일시하였다면, 그리하여 제마성과 그 직위가 가지는 권위를 인정하였다면 진첩결의 명령을 무시할 수 없었을 것이다.

물론 진첩결 역시 황지엽을 제 입맛대로 움직여 다음 대의 마왕으로 삼으려 하고 있지만, 이는 어디까지나 제마성의 영속과 강호군림을 위한 것이다. 하지만 그런 뜻은 아랑곳하지도 않고, 단순히 겉으로 드러나기를 진첩결 또한 섭영귀나 다른 자들과 마찬가지라 하여 기피하거나 뒤에서 욕하는 자들이 얼마나 많은가?

이런 상황에 마왕이 또 부인을 들인다? 만일 그 사이에서 마왕의 피를 이은 또 다른 아이가 태어난다면 상황은 더 복잡해질 게 뻔하다. 더구나 그 부인이 될 서해영이 예물로 가져올 것은 환곡기문서가라는 커다란 전력의 증강만이 아니었다. 어쩌면, 그보다 더 큰 말썽거리를 함께 가져오는 것인지도 모르는 일이었다.

"무진총의 일공자에게서 답신은 없는가?"

진첩결이 묻자, 가하균은 곤란한 얼굴로 대답했다.

"그것이… 아직 없습니다."

진첩결은 차갑게 말했다.

"다시 서신을 보내게. 주군께서는 귀환과 동시에 혼례를 치를 생각이시니, 늦지 않게 당도하라고 말일세."

"그거면 되겠습니까?"

가하균이 확인하듯 물었다. 이제껏 무슨 말로 어르고 달래도 미동하지 않던 황무다. 이 정도 서신으로 과연 움직일 것인지 의문이 앞서는 게 당연했다.

가하균의 물음을 예상한 듯 진첩결의 대답이 빠르게 이어졌다.

"부친의 행사에 모습을 보이지 않으면 누구의 손해인지, 본인이 잘 알겠지. 알아서 하라고 하게."

진첩결의 명에 따라 제마성에서는 일련의 사람들이 귀환하는 마왕 일행을 마중 나갔다. 전서구를 주고받으며 서로의 경로를 확인한 그들은 제마성으로 가는 길목에서 마주쳤는데, 일정상 귀환을 삼 일 남긴 시점이었다.

"무사 귀환을 감축드립니다."

마중 나간 자들의 책임자는 마왕의 차남, 황유극이었다. 황유극은 무릎을 꿇어 제 부친을 영접했다.

"으음."

아들을 만났음에도 황종류는 아무런 표정 없이 그저 고개를 끄덕일 뿐이었다. 황유극은 부친의 옆에 선 여인에게 시선을 돌렸다

이제는 더 이상 남장을 할 필요가 없는 여인. 어둠 그 자체인 마왕의 옆에 있어 더욱 빛나는 서해영이었다.

지난날 황유극이 북해빙궁으로 향하는 사절단을 이끌 때, 서해영이 도중에 난입해서 억지로 합류한 적이 있었다. 본래 서해영은 이 년을 기한으로 강호를 떠돌고 있었으니 제마성의 사람들 중 황유극만큼은 그녀를 본 지 오래지 않은 것이다.

"건강한 모습으로 다시 뵙게 되어 다행입니다."

황유극은 포권의 예를 취하며 인사했다.

물론 항렬을 따지자면 이토록 깍듯한 것이 당연하다. 그러나 자신보다 십여 년 어린 여자아이에게 순순히 고개를 숙이는 일이 어디 말처럼 쉬운 일이던가?

서해영은 말도 없이, 그저 턱을 까딱이는 것으로 황유극의 인사를 받았다. 황유극은 하나도 기분 나쁘지 않다는 듯, 가

볍게 웃어넘겼다.

"먼 길 오시느라 피곤할 텐데, 어떻게 하시겠습니까? 바로 성으로 가시겠습니까? 아니면……."

그러면서 황유극은 뒤따라온 짐꾼들에게로 눈길을 돌렸다.

"날이 곧 어두워질 텐데 하루 쉬어가시겠습니까?"

남은 삼 일의 일정뿐 아니라 마왕 일행이 지나온 최근 이틀의 여정 중 객점이 없었다. 제마성으로 들어오든 제마성에서 나가든, 기본 오 일은 노숙을 피할 수 없다는 뜻이다. 황유극은 그러한 사정을 감안하여 여러 물자를 짊어진 짐꾼은 물론, 제마성의 시중꾼들까지 대동해 나온 것이다.

"바로 가지."

쉴 시간도 아깝다. 어서 돌아가자는 황종류의 명이 떨어졌다.

"예, 그럼……."

황유극이 고개 숙여 아비이자 주군의 명을 받들려던 순간, 서해영이 끼어들었다.

"아니, 아니. 나 더 이상 못 걷겠어. 오랫동안 씻지도 못했고, 배도 고프고. 난 쉬었다 갈래요."

"……!"

돌발상황.

대체 누가 마왕의 뜻을 거스르고, 그 말에 반기를 든단 말인가? 서릿발 같은 한기가 황유극의 정수리에 꽂혀, 온몸을 관통했다. 황유극뿐 아니라 뒤에 사열해 있던 자들의 얼굴도 가관이었다. 상상할 수도 없는 일이 현실에 일어났을 때 사람들이 어떤 표정을 짓는지, 경악한다는 말이 무엇을 표현한 것인지 이들의 얼굴이 명확히 보여주고 있었다.

'저 여자가 대체……!'

수십여 명의 머릿속에 하나같이 떠오른 장면은, 처참하게 짓이겨진 서해영의 시신이었다. 이들은 서해영을 처음 본 순간부터 그녀의 미모에 사로잡혔지만, 머릿속에 뿌리박힌 마왕에 대한 두려움마저 잊어버린 것은 아니었다.

그러나 정작 경악스러운 일은 그 뒤에 일어났다.

마왕은 잠시 못마땅스러운 얼굴로 서해영을 노려볼 뿐, 아무 말 없이 등을 돌린 것이다.

"……?"

황유극 이하 많은 이들이 무슨 상황인지 몰라 눈만 끔뻑거릴 때, 서해영이 소리치며 앞으로 나섰다.

"뭣들 하고 있어? 어서 가져온 거 다 풀어놔 봐!"

"예? 아, 예……."

믿을 수 없는 일이 벌어졌을 때 몸을 움직이는 것만큼 충격을 완화시키는 방법도 없다. 영문도 모른 채 일꾼들은 짐말과 수레에 싣고 온 짐들을 풀기 시작했다.

풀 한 포기 없던 황량한 길 위에, 순식간에 그럴듯한 집이 한 채 지어졌다. 일꾼들의 손놀림도 좋았지만 그보다 황유극의 사람 부리는 솜씨가 일품이었다. 그 분주한 와중에도 서해영은 쉬지 않고 돌아다니며 황유극을 귀찮게 했다. 이것저것, 갖은 트집을 잡아 작업을 늦추기 일쑤더니 급기야는 목욕을 해야겠다며 생떼를 부리는 것이었다.

"물! 물 좀 덥혀놔! 목욕 좀 해야겠다!"

무리한 요구였지만 황유극은 동요하지 않았다. 오히려 준비했다는 듯, 지어지고 있던 간이 숙소의 구조를 바꾸고 여분의 목재로 훌륭한 욕조를 하나 만드는 것이 아닌가?

"부족하지만 이것으로 참아주십시오."

그러면서도 황유극은 웃어른을 대하는 태도를 유지하였으니 서해영도 더 꼬집을 데가 없었다.

말 그대로 뚝딱 하고 지어진 숙소 안에서, 일행은 하루를 묵어가기로 했다. 반나절도 채 걸리지 않아 지어진 간이 숙소라, 고작해야 마왕과 서해영 두 사람의 자리밖에 나지는 않았지만 말이다. 두 개의 침실로 구분된 간이 숙소에 욕조까지 있다니, 웬만한 권문세족의 행차에도 쉽게 보지 못할 호사였다.

뜨거운 김이 얼굴을 간질인다. 피어오르는 김을 비추는 달빛. 그 사이로 간간이 드러나는 맨 어깨와 쇄골이 눈부시다. 욕조에 몸을 담근 채 서해영은 깊은 한숨을 쉬었다.

"후우……."

간이 숙소에 붙은 한쪽 벽을 제외한 나머지 삼면은 천으로 간단히 가려져 있었다. 더구나 천장은 뻥 뚫려 야외나 마찬가지다 보니 여인의 몸으로 쉬이 맘 놓을 수 없는 구조다. 수십여 명의 건장한 사내에 둘러싸여 있다면 더더욱 그러할 터인데, 서해영의 얼굴은 편안하기 짝이 없었다.

마왕의 부인 될 여인이다.

뉘라서 그 나신을 훔쳐 볼 배짱이 있겠는가?

"……."

가만히 앉아 더운 물을 만끽하던 서해영은 슬며시 욕조에서 일어났다. 허술히 설치한 벽 위로 목을 내밀어 둘러보니 멀리서 일꾼들이 흙바닥에 누워 자는 모습이 보였다.

반나절 동안 쉬지 않고 일하느라 피곤했을 것이다. 하지 않아도 됐을 작업이 자신으로 인해 늘어났으니 짜증도 났을 텐데, 군말없이 작업에 열중한 사람들이었다.

풍덩!

서해영은 다시 욕조 안에 몸을 넣었다.

유복한 집에서 태어나 남부럽지 않게 살아온 그녀지만, 근

일 년 절창과 함께 강호를 떠돌며 나름 힘든 일을 겪은 바 있었다. 맨바닥에 누운 자들을 더 보지 못한 것은, 예전이었다면 지나쳤을 모습에도 의미를 부여할 만큼 경험이 쌓였다는 증거였다.

'정말… 왜 그랬어!'

그런 자들을 괴롭혔다니, 스스로의 행동이 부끄러워 얼굴이 확 달아올랐다. 서해영은 머릿속까지 욕조 안에 집어넣고 눈을 감았다.

이 년의 유예기간은 스스로의 선택으로 절반이 되었고, 그나마도 이젠 모두 끝이 났다. 황종류를 따라 제마성으로 돌아오면서도 피상적으로 느껴졌던 그 사실이, 황유극을 만남으로써 실감하게 된 것이다.

'잘한 일이었을까?'

뜨거운 물속에서 존재하지 않는 답을 찾는다. 대체 무슨 마음으로 그리하였는지, 그것이 충동이었는지 진심이었는지. 서해영은 그날의 일을 돌이켜 보았다.

"지금 당장 당신의 여자가 되겠어요."

아름다움[美]이 곧 선이라면 능히 만민을 구할 수 있을 여인의 입에서 나온 말이 저것이었다. 당신, 한 사람의 여자가 되겠다는 말.

"……."

 여인이 누구인지도 모르고, 검왕과 독왕은 그저 이 말이 마왕에게로 향했다는 사실에 놀라 말을 잃었다.

 어둠 속에 홀로 빛나고 있는 여인이다.

 형용할 말이 있다면 오직 빛 하나일 터.

 그런 그녀가 자신을 내던진 상대가 마왕이라니, 이런 역설이 어디 있단 말인가?

 스스로 어둠이고자 하는 마왕 황종류에게, 빛이나 다름없는 여인이 한 말이라고는 도저히 생각할 수 없었다.

 마왕의 뒤편에 서 있던 아자할도 역시 놀란 얼굴로 여인을 바라봤다. 여인의 옆에 서 있는 절창, 저 바위 같은 사내의 얼굴에도 경악의 빛이 떠올랐다.

 단 한 사람.

 마왕의 표정만이 미묘했다.

 누구라도 반색할 이야기. 아니, 제자리에서 혼절해도 모자랄 말을 들었음에도 마왕의 얼굴에는 기꺼워하는 기색이 없었다.

 마왕, 황종류의 얼굴에 피어오른 감정은 불쾌에 가까웠다.

 황종류는 일그러진 얼굴로 말했다.

 "뭐라고? 지금 내가 잘못 들은 건가?"

 여인, 서해영이 대답했다.

"아니, 제대로 들은 것 맞아요. 다시 말할까요? 지금 당장 당신의 여자가 되겠어요. 이대로 함께 제마성으로 돌아가요. 한눈팔지 말고 말이죠."

그리 말하는 서해영의 얼굴에 자신만만한 미소가 서렸다. 자신의 말 한마디에 복종하지 않을 사내가 어디 있겠냐는 얼굴이었다.

그러나 누가 감히 이의를 제기하겠는가?

마, 검, 독.

서해영의 존재감은 십왕 중 세 사람을 지우고 이 공간을 제 것으로 만들었다. 서해영이 무슨 말을 한들, 심지어 해가 서쪽에서 뜬다 한들 부정할 이는 없었다. 사내는 물론 여인, 아니, 우화한 선인마저도 옳다며 고개를 끄덕일 것이다.

그러나 이 공간.

달 흐린 밤조차 낮보다 밝게 만들어 버린 서해영의 공간에 어둠이 피어올랐다.

마왕의 목소리가 음산했다.

"지금 네 말이 진심이냐?"

남궁익도, 당사윤도 같은 것을 묻고 싶었다. 기소위, 아자할의 눈도 마찬가지로 서해영을 향했다.

휴우—

소리없는 한숨. 한 박자 쉬고 서해영은 자신을 향한 시선들에게 답했다.
 "물론 진심이에요. 하기 싫은 일을 해야 한다면, 당연히 진심이어야 하지 않겠어요?"
 "……."
 잠시 말을 멈추고 생각에 잠긴 황종류의 얼굴에 곧 묘한 미소가 떠올랐다. 다소의 불쾌한 감정과 무언가 재미있는 장난감을 발견한 반가움이 섞였다고나 할까?
 "저놈, 모용천이라는 놈이 그런 존재인 것이냐? 네 마지막 일 년을 버릴 만큼 너에게 중요한 존재이더냐?"
 쿵!
 황종류의 검은 혓바닥이, 사특한 눈이 정곡을 찔렀다. 가슴이 무너지는 소리는 제 귀에만 들릴 터인데 어찌 이리도 크단 말인가?
 자신만만한 서해영의 얼굴에 한 줄 금이 갔다.
 "무슨… 말도 안 되는 상상을 하는 거죠? 그와는 몇 번 우연찮게 만났을 뿐, 그 이상도 이하도 아니에요."
 금이 가 어긋난 입술로 나오는 말은 떨리게 마련.
 황종류의 얼굴에 다시금 미소가 떠올랐다. 검디검은 미소와 함께, 황종류의 말이 이어졌다.
 "남궁세가도 모자라 환곡기문서가(幻谷奇門西家)의 금지옥엽의 마음까지 사로잡았다니, 대단하군! 정말 대단해!"

황종류의 사특한 눈은 서해영을 지나 남궁익에게 이어졌다. 조롱 섞인 시선이 불쾌할 법도 했으나 남궁익의 얼굴에는 놀라움만 가득했다. 당사윤의 얼굴 역시 크게 다를 바 없었다.

환곡기문서가!

강호에 전해져 내려오는 전설.

현세에 단편적으로 목격되는 주술과 환술, 그 외 온갖 기사(奇事)의 근원이라고 알려진 가문이 아닌가?

당금 강호에 무공이 아닌 사법이라면 첫손가락으로 백염교(百炎敎)를 꼽을 것이나, 그들 역시 환곡기문서가로부터 뻗어 나온 잔가지임을 아는 이는 소수였다. 강호의 전면에 나서 활동하는 백염교와 달리, 환곡기문서가는 그 이름만이 흐릿하게 떠돌 뿐 누구도 실체를 보지 못했기 때문이었다.

그러나 일반인은 접하지 못할 고급 정보를 다루는 이, 즉 십왕 정도의 위치에 있는 이라면 환곡기문서가가 단순한 전설이 아님을 알 수 있다. 알려지지 않았을 뿐, 그들은 엄연히 같은 시간 속에서 살아 숨 쉬는 것을 말이다. 다만 그들이 문호를 열지 않고 전설로 남기를 원하였기에, 누구도 찾을 수 없고 알 수 없는 자들임을 말이다.

그러니 남궁익이나 당사윤이나, 황종류의 입에서 나온 환곡기문서가의 이름에 놀랄 수밖에 없었다. 더욱이 그 전설의 이름을 지닌 자가 마왕의 여자가 되겠다는 서해영이었으니, 이보다 더 놀랄 일이 어디 있을까?

서해영의 미간에 주름이 졌다.

가문의 이름이 나온 게 싫었을까? 서해영의 목소리가 날카로워졌다.

"마왕이라는 분이 어찌 그런 경박한 생각을 말로 내뱉으시는 거죠? 정말 불쾌하군요!"

"그게 아니라면 다른 이유를 생각하기가 어렵지 않느냐?"

황종류의 얼굴은 한결 여유로웠다.

"네가 나와의 혼인을 싫어하는 건 누구보다 내가 잘 알고 있다. 그럼에도 불구하고, 아니, 그렇기 때문에 나는 너에게 이 년의 유예를 주었지. 절창을 네 호위로 주면서까지 말이다."

그 말과 함께 황종류의 시선이 기소위에게 옮겨갔다. 놀라움도 잠시, 빠르게 평정을 되찾은 기소위는 흔들림없이 황종류의 눈을 똑바로 쳐다봤다.

십왕에 가장 가까운 사내.

황종류 자신을 제외하면 제마성이 보유한 최강 전력일 사내.

친구를 살리기 위해 자신의 신념을 부러뜨리고, 이상하리만치 증오해 마지않던 사파의 주구를 마다하지 않은 사내.

황종류는 그런 기소위에게 합당한 자리 대신, 서해영이라는 소녀의 호위를 맡겼다. 이 굴욕적인 인사에는 두 가지 이유가 있었으니 하나는 기소위의 각오와 진심을 시험하기 위해서요, 다른 하나는 서해영이라는 소녀가 기실 절창의 호위를 받기에 합당한 존재였기 때문이었다.

알려지지 않았으나 환곡기문서가는 이미 황종류의 힘 아래 무릎을 꿇은 상태였다. 세계의 이면(裏面)에 서서 전설로 남고자 했던 환곡기문서가를, 마천상야공이라는 개세의 마공이 억지로 끄집어낸 것이다.

그러나 그것으로는 모자라다.

힘으로 굴복시켰을지언정 전설로 남아 현세에 관여치 않겠다는 그들의 신념을 꺾을 수는 없었던 것이다. 죽음을 불사할 각오 앞에서 황종류도 일단 손을 들 수밖에 없었다. 그가 원하는 것은 환곡기문서가가 지닌 술법의 힘이었으니까.

곤란하기는 환곡기문서가도 마찬가지였다. 물론 죽음을 불사하겠다는 각오를 세운 이들이 전면에 서긴 했으나, 가문의 절멸을 원치 않는 이들도 있었던 것이다. 오래도록 이어온 신념도, 목숨도 어느 하나 버리고 싶지 않다는 이율배반.

그래서 필요한 것이 서해영이었다.

환곡기문서가의 금지옥엽.

천 년의 술법을 잇는 소녀.

마왕이 서해영을 부인으로 들인다면 모든 것이 해결되는 것이다. 환곡기문세가는 제 식구를 돕는다는 명분을 얻게 되며 마왕은 술법의 힘을 얻게 되니, 생각할 수 있는 최고의 해법이었다. 마왕에게는 이미 세 사람의 부인이 있었고, 그 사이에서 난 네 아들이 모두 서해영보다 연상이었으나 그런 것은 문제될 것이 없었다.

그래, 문제될 것은 없었다.

서해영 한 사람을 제외하면 말이다.

만약 서해영의 외모가 평범했다면, 아니, 그저 빼어나게 아름다운 정도였다면 역시 문제될 게 없었을 것이다. 마왕과 가문의 결정에 소녀가 개입할 부분은 없으니까.

그러나 서해영의 미모는, 지금 보는 그대로 이 세상의 것이 아닐 정도였다. 존재 자체가 천 년을 이어온 환술의 증거라고 느껴질 만큼.

의도치 않았건만 열일곱 소녀는 어둠을 뚫고 마왕의 마음속에 파고들었다. 소녀와 마주한 순간, 황종류의 안에서 환곡기문서가와 서해영 간의 우선순위가 뒤바뀐 것이다.

그를 눈치챈 소녀는 대담하게도 마왕에게 한 가지 제안을 했다.

'당신이 내 상대로 적합한지 내가 어떻게 알 수 있죠?'

마왕을 앞에 두고 하기에는 당돌하기 짝이 없는 발언이었다. 그러나 황종류는 화를 내기는커녕 오히려 소녀답지 않은 기개에 감탄하였는데, 이로써 서해영은 이 년의 유예 기간을 얻어낸 것이다.

일 년이 지난 지금.

마왕의 눈은 험한 분노로 타오르고 있었다. 말을 잘못한 걸까? 좋지 않은 예감에, 서해영은 다급히 말했다.

"무슨 대답을 원하는지 모르겠지만 내가 할 말은 하나뿐이에요. 남은 일 년을 더 써도, 천하에 당신을 능가할 남자는 찾을 수 없다는 결론을 내렸을 뿐이라고 말이죠. 어차피 사실이잖아요? 당신과 비견될 만한 고수라 해도 저기 저 두 분이 속한 십왕이 고작일 텐데, 그중 어느 분이 나를 두고 당신과 싸우겠어요? 안 그래요?"

그랬다.

당찬 소녀가 얻어낸 이 년의 유예 기간. 그것은 바로 마왕보다 더 강한 자, 서해영이 자신의 남편감으로 합당하다 할 사내를 찾기 위해 주어진 시간이었던 것이다.

물론 그것이 이루어질 수 없는 소원임은 두 사람 다 알고 있었다. 서해영은 그럼에도 불구하고 이 제안으로 당신과의 혼인이 싫다는 뜻을 피력하였고, 황종류는 이 말도 안 되는 제안을 호기롭게 받아들임으로써 제 마음이 넓음을 과시한 것이다. 어차피 서해영이 그러한 자를 데려올 확률은 없는 것이나 마찬가지이지 않은가?

"흐음……."

황종류의 눈빛이 다소 누그러지는 것을 본 서해영은 그 틈을 놓치지 않고, 황망해하는 남궁익과 당사윤에게 말했다.

"어때요? 나를 위해 마왕과 싸워줄 분이 있나요? 마왕을 이기면 나를 취할 수 있는데, 도전할 가치가 충분하지 않나요?"

느닷없는 발언에 검왕과 독왕도 놀라 눈을 크게 뜰 뿐, 아무 말도 하지 못했다. 하긴 이 상황에서 무슨 말을 할 수 있을까!

"이거 봐요. 소위 십왕이라는 분들이라 해도 나를 위해 당신과 싸워줄 사람이 없는데, 내가 달리 누구를 찾겠어요? 강호를 떠도는 것도 이제 지쳤으니, 그만 돌아가요. 예?"

미모만큼이나 당돌한 눈빛, 거침없는 언변에 십왕 중 세 사람이 놀아나는 꼴이었다. 그러나 누구 하나 기분 나빠하는 자 없었으니 이거야말로 미인이 가진 힘이라 할 것이었다.

'천하를 움직이는 것이 사내라면, 사내를 움직이는 것은 계집이라더니 딱 그 말이 너를 위한 것이구나.'

한 발 물러서서 이 광경을 보고 있던 절창의 머릿속에 떠오른 생각이었다. 그만큼 이 자리를 주도하고 있는 서해영의 모습이 인상적이었던 것이다.

"……."
"……."

 태연을 가장하며 터질 듯한 가슴을 억누르고, 서해영은 황종류의 대답을 기다렸다. 향 한 대가 모두 탈 정도의 시간이 흐르고, 비로소 황종류의 입이 열렸다.

"훗……."

 황종류의 입에서 나온 것은 말이 아니라 헛웃음이었다. 무슨 뜻일까? 서해영이 대답을 독촉하려 입을 막 열려 할 때, 황종류의 말이 먼저 나왔다.

"이렇게 되었으니 더 있어봤자 망신만 당하지 않겠는가?"

"……?"

 말이 끝나기 무섭게 황종류는 몸을 돌렸다. 그리고는 남궁익과 당사윤에게 말했다.

"나는 빠지겠으니 알아서 잘들 해보시오."

"……!"

 황망해하는 두 사람을 뒤로하고, 황종류는 다시 서해영을 바라봤다.

"이게 네가 원하는 일이었지?"

 황종류의 시선은 애써 태연한 소녀의 속을 꿰뚫어보기라도 하는 듯 날카롭기만 했다.

촤아악!

얼마나 잠겨 있었던 걸까? 정신을 잃지나 않았는지, 누군가 보고 있었다면 걱정할 시간이 되어서야 비로소 서해영이 물 밖으로 나왔다.

"하아… 하아……."

가쁜 숨을 몰아쉬며 서해영은 욕조를 나왔다. 사치스럽게도 여러 개의 마른 천이 준비되어 있었다. 서해영은 그중 하나를 집어 머리를 말아 두르고, 다른 천으로 몸의 물기를 닦았다.

찬 밤공기가 젖은 몸에 달라붙기 전에 몸을 말려야 한다. 서해영은 물기를 닦으며 황종류의 마지막 말을 곱씹어보았다.

남궁가의 여식과 도망치는 그를 위해, 내가 할 수 있는 일은 마왕이라는 장애물을 치우는 것뿐이었다.

하지만… 그것뿐일까?

모용천을 살리는 것, 그게 내가 원하던 일이었을까? 내 생에 허락된 마지막 일 년의 자유를 포기할 만한 가치가 있는 일이었을까? 이대로 제마성에 들어가 마왕의 넷째 부인이 되어 평생을 살아가도 괜찮은 걸까?

예까지 오는 내내 묻고 또 물었던 일이다. 지금에 와서 답이 나올 리 없는 걸 알면서도, 서해영은 묻지 않을 수 없었다.

그래서 나는 지금 만족스러운가?

몸을 말리고 옷을 입은 서해영이 막 나가려 할 때, 문 대신 걸어놓은 천 밖에서 낮은 목소리가 들려왔다.
"아직도 목욕 중인가?"
일 년을 함께해 익숙한 목소리.
절창이었다.
"이 밤중에 무슨 일이지?"
서해영이 냉랭히 물었다.
두 사람 사이에 확고히 선을 그은 것은 절창이었다. 절창은 본래 사파의 인물들을 상대함에 있어 과하다 할 정도로 사정을 두지 않는 것으로 유명했는데, 기실 엄격하기로는 남에게보다 자기 자신에게 더한 사람이었다.
황종류가 그에게 서해영의 호위를 맡긴 이유 중에는 절창의 그러한 성품을 높이 산 점도 있었다.
당연히 일 년을 함께 다녔지만 절창은 서해영에게 무례를 범한 일이 한 번도 없었다. 더구나 이런 밤에, 그것도 근처에 마왕이 뻔히 있음에도 다가와 말을 거는 일은 상상도 못할 일이었다.
서해영은 본능적으로 옷깃을 여미었다. 천 뒤편에서 절창의 목소리가 들려왔다.

"아무래도 말을 해줘야 할 것 같아서 왔다. 지금이 아니면 따로 기회가 없을 것 같군."

"뭔데? 피곤하니 짧게 해."

서해영이 신경질적으로 대꾸했다. 익숙한 일인지 절창은 아무렇지 않게 말했다.

"남궁가의 여식은 제 아비가 보는 앞에서 자결했다고 한다."

펄럭!

천이 활짝 걷히고, 서해영이 모습을 드러냈다. 욕조에서 막 나왔기 때문인지 흰 얼굴은 잔뜩 상기되어 있었다.

"지금… 지금, 뭐라고 했어? 자결?"

"그래. 제 아비, 검왕의 앞에서 자결했다더군."

"대체 왜……?"

"호북양가와 남궁세가의 체면은 지켜진 셈이지. 미진하긴 하지만 두 세가에서 모용천을 쫓는 일도 이제 없을 것 같다. 호북양가는 어쨌든 망자를 열녀로 포장할 수 있게 됐고, 남궁세가는 당분간 무림의 일에 관여치 않겠다고 천명했으니 말이다."

그리 말하는 절창의 얼굴은 아무 변화 없이, 바위처럼 굳은 평소의 표정 그대로였다. 서해영은 다급히 절창의 소매를 잡으며 말했다.

"그래서? 그 사람은? 모용 형은 어찌 되었대? 죽은 거야? 검왕한테? 응? 그런 거야?"

"진정해라. 목소리가 크다."

눈에 불을 켜고 달려드는 서해영을 떼어놓고, 절창이 가만히 말했다.

"아……!"

깨어 있든 자고 있든, 어느 정도 큰 소리를 내면 듣지 못할 마왕이 아니다. 서해영은 깜짝 놀라며 제 손으로 입을 막았다.

"모용천에 대한 소식은 아직 없다. 최소한 죽지는 않았다는 뜻이겠지."

서해영은 조심스레 입에서 손을 떼며 말했다.

"그 얘기는 어디서 들은 거지?"

황종류와 아자할, 서해영과 절창.

네 사람이 이제껏 함께해 왔으니 특별히 절창 홀로 소문을 접할 기회가 있을 리 없었다. 황유극들에게서 들었을 가능성도 있지만, 그들 중 누가 절창과 이야기하거나 절창이 그들의 대화를 건너 듣는 광경은 상상할 수도 없었다.

"친구가 전해주고 갔다."

절창은 솔직히 말했다.

"친구라니……?"

의아해하던 서해영의 눈에 곧 총기가 서렸다. 오대산 근처까지 와서 그에 관한 소식을 전해줄 친구가 절창에게는 있지 않았던가? 아니, 그보다 절창의 입에서 친구라고 지칭될 자는 천하에 단 두 사람뿐이다. 그리고 그중 두 발로 다니는 자는 한 사람뿐이지 않은가.

"도야객?"

서해영은 주위를 둘러보고 목소리를 낮추어 물었다. 절창은 고개를 끄덕였다.

"그래. 그가 다녀갔다."

"친구라니, 언제 화해했대?"

"온당치 않은 이유로 그가 화를 냈을 뿐, 우리 사이에 애초부터 화해할 일은 있지 않았다. 어쨌든, 네가 알아야 할 일이라서 이야기했을 뿐이다."

"흐음……."

서해영은 두 눈을 흘기며 의미심장한 미소를 지었다. 아버지뻘인 사내, 바위처럼 딱딱하기만 한 절창도 가끔 귀여울 때가 있는 것이다.

"어쨌든, 그럼 모용 형에 대한 소식은 없는 거야? 다른 말은 없었어?"

"그도 달리 아는 바는 없었다. 애초에 나를 찾아온 이유가 당시 그 자리에 있었다는 사실만 가지고 모용천의 행방에 대해 내가 뭔가 알고 있지 않을까 하는 기대 때문이었으니."

도야객이 마왕들을 뒤쫓아 절창에게 몰래 다녀간 것도 벌써 일주일 전의 일이었다. 왜 바로 말하지 않았느냐는 서해영의 힐난에, 기소위는 이렇게 대답했다.

"말할 기회가 없었다."

이제 더 이상 기소위는 서해영의 호위역이 아니었고, 모용천에 관한 이야기가 황종류나 아자할이 있는 자리에서 할 수 없던 만큼 기회가 없었던 것이다. 지금처럼 오밤중에 두 사람만이 대화할 수 있는 기회도 이번이 마지막일 터였다.

"이대로 제마성에 들어가면 너와는 다시 얘기할 기회도 없을 것이다."

높낮이가 극도로 억제된 특유의 어투가, 서해영의 마음을 더 크게 울렸다.

좋든 싫든 일 년을 함께 지낸 사이다. 때로는 지긋지긋한 감시역으로, 때로는 든든한 호위역으로 절창은 임무를 성실히 수행했다. 그동안 절창이 자신을 위해 한 일은 딱 두 가지가 있었는데, 하나는 무진총에 들러 백파검의 안위를 살핀 것이요, 다른 하나는 마왕을 치려던 도야객을 저지했던 일이다. 그 단 두 번의 일을 제외하고는 절창은 서해영을 위해 일 년이라는 시간을 고스란히 바쳤으니, 그것이 설령 마왕의 명령에 따른 결과이며 또 서해영이 아무리 제멋대로라 해도 애틋한 감정이 생길 수밖에 없는 것이다.

근 일 년간, 절창은 단순한 보호자 그 이상이었다. 다소 부풀리자면 아버지의 역할을 했다고 할 정도였으니 말이다.

그러나 이는 서해영이 절창에게 품은 감정이었다. 절창은 언제나처럼 굳은 얼굴과 극도로 절제된 어투로 일관하였으니 그 또한 서해영과 같은 마음인지 알 길이 없었던 것이다.

그러나 지금, 타인의 눈에 띄면 더없이 곤란할 상황에도 모용천의 소식을 들려주러 온 절창의 행동이 천 마디 말보다 많은 것을 말해주고 있었다.

"…그렇지."

서해영이 쓸쓸히 되뇌었다. 이제 제마성으로 들어가고, 마왕의 부인이 되면 절창뿐 아니라 다른 모든 인연이 끊어질 거라는 생각이 앞선 것이다.

절창이 말했다.

"싫으냐?"

"…뭐? 뭐가?"

"마왕의 부인이 되는 것이 싫으냔 말이다."

이 작자가 지금 무슨 소릴 하는 거야? 바위 같은 사내라 해도 정도가 있지, 지금 그걸 질문이라고 하는 건가? 서해영은 어이없어 헛웃음을 터뜨렸다.

"하아! 당신 보기에, 내가 어떤 것 같아? 그게 좋을 리 있겠어? 마왕이든 뭐든, 한창때의 내가 오십 늙은이에게 팔려가는데 당신 같으면 기분이 좋겠어?"

웃음기는 오래 가지 않았고, 곧 서해영의 얼굴이 무섭게 변했다. 그러나 절창은 흔들림없이 자신의 이야기를 했다.

"그럼 왜 그런 말을 했느냐? 일 년의 시간을 내버린 건 너 자신이지 않느냐?"

"그건……."

서해영은 잠시 머뭇거리다, 한숨을 쉬며 말했다.

"후우… 글쎄? 왜 그랬을까? 사실 나도 지금 생각해 보면 왜 그랬는지 모르겠어. 내가 잠시 미쳤던 걸까?"

"그자를 사모해서가 아니더냐."

절창의 화법은 항상 이랬다. 아무렇지도 않게, 무덤덤한 어투로 정곡을 찌르는 것이다. 하도 당하다 보니 이제 내성이 생긴 건지, 아니면 절창이기 때문에 부끄럼없이 얘기할 수 있는 건지 서해영은 고개를 끄덕이며 대답했다.

"그래, 그랬지. …그랬던 것 같아."

"그럼 그를 잡았어야지, 왜 그런 일을 했느냐?"

절창의 말이 어이없어, 서해영이 발끈 화를 냈다.

"왜냐고? 당장 삼왕이 그를 잡겠다고 달려들었는데, 거기서 내가 뭘 어떻게 하면 됐단 말이야?"

"그를 지목하면 됐을 것이다."

"……."

서해영은 말을 잃었다. 절창의 말이 아주 허튼소리가 아니었던 것이다.

서해영이 이 년의 유예를 얻을 수 있었던 이유가 바로 그것이지 않은가! 마왕보다 나은 사내를 찾아오겠다는, 불가능에 가까운 일.

서해영에 어울릴 만한 젊은이들 중 대체 누가 마왕과 견줄 수 있단 말인가? 전제부터가 성립하지 않는 내기임을, 제안하는 이도 받아들이는 이도 알고 있었다. 이는 처음부터 승패가 결정된 내기였다.

그러나 서해영이 모르고, 마왕이 모르는 일이 있었다. 아니, 전 무림이 모르는 일이 있었다.

바로 저 멀리 요녕 땅 구석에 자리한 모용세가가 품은 모용천이라는 존재. 몰락한 세가의 이름없는 후예가 유례없는 무용을 뽐낼 줄 뉘라서 알 수 있었을까? 또 서해영이 그와 만나 마음을 주었을 줄 뉘라서 알 수 있었을까?

"적어도 그때 그를 지목했다면, 마왕은 일단 그 자리에서는 그의 안전을 확보했을 것이다. 검왕과 독왕, 당문의 수하들이 있다고 해도 나와 비청면주가 감당할 수 있으니 말이다. 그만한 계산은 너도 했을 텐데?"

절창의 말이 백번 옳았다.

그 자리에서 서해영이 강호를 주유하여 찾아낸 사내라며 모용천을 지목했다면, 적어도 검왕과 독왕의 손아귀에서는 벗어날 수 있었을 것이다.

하지만.

"그래, 그 생각은 나도 해봤어. 하지만… 하지만 내가 어떻게 그럴 수 있었겠어? 모용 형은 여전히 나를 남자로 알고 있을 텐데… 게다가 그는 이미 정인이 있었는데……."

"……."

서해영은 머리를 감쌌던 천을 풀었다. 마르지 않은 머리칼이 어깨 위로 무겁게 내려앉았다.

"그리고… 난 모용 형만큼이나 그녀도 행복하기를 바랐어. 당신도 알겠지만, 그녀나 나나 비슷한 처지였잖아?"

입으로 내뱉는 말이 모두 진심은 아니다. 아니, 절반은 진심일지 몰라도 나머지는 아닐 것이다.

'가증스러운 년!'

서해영은 스스로를 욕했다.

자신과 꼭 닮은 남궁미인의 처지를 동정한 것은 사실이다.

그러나 그녀가 모용천에게 구출되었다는 소식을 들었을 때, 또한 그녀로 인해 모용천이 모든 것을 잃었다는 사실을 알았을 때 남궁미인을 얼마나 증오하고 저주하였던가? 그녀만 알아주고 자신을 알아보지 못했던 모용천을 서해영은 얼마나 책망했던가? 그러면서도 나서서 밝힐 수 없는 자신의 처지를 서해영은 또 얼마나 원망했던가?

사람의 마음은 이토록 변화무쌍하여 하나로 읽어 내릴 수 없는 것이다. 사랑과 원망 또한 둘이 아니며 동시에 하나도 아니니, 소녀의 작은 가슴속에 품은 마음은 당사자도 알 수 없는 법이다.

"그럼 지금은 괜찮지 않겠느냐?"

"절창!"

결국 참지 못한 서해영이 소리를 질렀다.

절창의 말은 항상 사리에 맞았지만, 때로는 그 판단에 사람의 감정을 배제하여 듣는 사람으로 하여금 불편하게 만들곤 하였다. 바로 지금과 같이 말이다.

"지금 그 사람에게, 정인이 죽었으니 나를 위해 마왕과 싸워달라고 하란 말이야? 그게 말이 된다고 생각해? 당신 정말 어떻게 그렇게 냉정할 수 있어? 당신 친구의 일이 아니면 그렇게 말해도 된다는 거야?"

재빨리 목소리를 죽이긴 했으나 원망스러운 마음은 고스란히 담겨 있었다. 마지막, 당신 친구의 일이 아니면. 이 대목에 이르러서는 울먹이기까지 한 것이다.

서해영의 커다란 눈망울에 물기가 차오르자, 절창은 눈살을 찌푸리며 말했다.

"울지 마라."

서해영은 머리를 싸매었던 천으로 눈가를 가리며 말했다.

"울기는 누가 울었다고 그래?"

"내 말이 너무하다고 생각지 말아라. 그래… 내 너를 달리 부를 말을 찾지 못하였으나 네 말대로 하자. 친구의 일이니까 하는 말이다."

"……?"

"너를 위한 일이니까 한 말이라는 거다. 모용천이 비록 도야객을 위해 일해준 고마운 자이긴 하나, 너와 비교할 수는 없지 않느냐? 네가 원한다면, 모용천의 사정이야 신경 쓸 거리가 아니지 않겠느냐."

"……."

담담한 목소리 밑에 얼마나 깊은 정이 깔려 있는지 미처 몰랐다. 아니, 알았다고 생각했던 것이 실제로는 편린에 불과했음이다. 절창에게 있어 친구라는 말이 얼마만큼의 무게를 가지는지 서해영은 질릴 만큼 알고 있었다. 이 경우에는 친구라기보다 딸자식처럼 여긴다는 편이 더 어울리겠지만.

"그만. 그만해."

눈가를 가리던 천에 얼굴을 묻고, 서해영은 손을 저었다.

"알았으니까 그만해. 난 괜찮아, 괜찮으니까… 그만해."

천에 얼굴을 묻고, 제자리에 주저앉은 서해영의 어깨가 떨리고 있었다. 절창은 한 걸음 물러나 그런 서해영을 바라볼 뿐이었다.

 흐느끼는 여인을 안아주는 일은 연인의 몫이었으니까.

 소리없이 흐느끼는 서해영과 그녀를 바라보는 절창.

 그들을 훔쳐보는 시선이 있었다.

 멀찍이 떨어진 나무 뒤에 숨은 그림자가 그 주인이었다. 절창 정도 되는 고수도 알아채지 못하도록 숨죽인 고수. 바로 황유극이었다.

 '이게 대체 무슨······.'

 우연찮게 두 사람의 대화를 처음부터 듣게 된 황유극의 마음은, 얽힌 실타래마냥 복잡하기만 했다.

십왕의 시대가 열렸을 때, 사람들은 누구나 강호가 혼돈에 빠지리라 예상했었다. 십왕에 꼽힌 자들 중 누구도 열 명 중 한 자리에 만족할 그릇이 없었던 것이다.

 지금만 아니라면.

 단지 지금만 아니라면 그들은 어느 시대에서든 일인자의 자리에 오를 역량을 갖춘 자들이었다. 그들에게 오점이 있다면 그것은 시대를 잘못 타고났다는 사실 하나. 어쩌면 하늘에게로 원망을 돌려야 할 일이었다.

 그러나 사람들의 예상은 보기 좋게 빗나갔다.

열 명의 왕은, 서로를 경계한 나머지 섣불리 움직이지 않았던 것이다. 이는 곧 유례없는 안정기를 불러왔으니, 신창권문의 장문인 우진이 십왕의 말석을 차지해 앉은 날로부터 오 년간 강호는 잔물결도 일지 않는 고요한 호수나 다름없었다.

그러나 평화는 언제나 예고없이 깨지는 법.

훗날 사람들로 하여금 '오 년의 안정기는 그 뒤에 불어닥칠 폭풍의 전주곡에 불과했다'라고 돌이키게 만드는 시대가 온 것이다. 바로 오랜 세월 칩거하였던 마왕이 제마성과 함께 건재함을 만방에 알렸던 날로부터 일 년.

말 그대로 폭풍이 휩쓸고 간 일 년이었다.

그리고 일 년이 지난 가을 깊은 어느 날.

검왕의 남궁세가는 봉문(封門)을 선언했다.

권왕과 신창권문을 중심으로 세워진 정파 무림맹. 곧 기존 질서의 파괴와 재편이라는 거대한 흐름 속에서 가장 큰 버팀목이 되었던 검왕과 남궁세가가 무림의 일에 관여치 않겠다는 식으로 물러난 것이다.

혹자는 딸을 잃은 슬픔이라고도 하였다.

혹자는 호북양가의 호된 질책 탓이라고도 하였다.

검왕 본인이 입을 열지 않는 한, 그 이유는 누구도 알 수 없었다. 다만 누구나 그렇듯 입맛에 맞는 상상을 그럴듯하게 꾸며낼 뿐.

그러나 서로 다른 이야기를 하는 강호인들이 다함께 수긍하는 것도 있었다. 바로 남궁세가의 봉문이 강호에 또 다른 바람을 불러오리라는 예상이 그것이었다.

 그리고 그 바람은, 근 일 년 새 불어닥쳤던 폭풍을 찻잔 속 소용돌이로 전락시킬 만큼 거세리라는 예상. 이는 모든 강호인들의 머릿속에 깊이 새겨져 있었다.

 그러나 중원으로부터 비껴난 땅에서는 남궁세가의 봉문도 먼 이야기에 불과하다. 그저 가을 깊은 날, 지지 않고 남은 단풍이 기특할 뿐.

 뚝.

 애써 매달린 단풍을, 단풍이 의탁한 가지만큼이나 앙상한 손가락이 떼었다. 손가락의 주인은 단풍을 앞뒤로 훑어보며 탄식했다.

 "내가 시간을 더하는구나, 더해!"

 퉁—

 무엇을 위해 땄는지, 탄식한 장본인인 기명자는 손가락을 튕겨 단풍을 날렸다. 멀리 날아가 떨어진 단풍 위를 취명의 발굽과 수레바퀴가 차례로 밟고 지나갔다.

 달그락, 달그락.

 기명자의 탄식대로 이 북녘 땅, 요녕은 겨울이 빠르다. 그가 목적지로 향하면 향할수록 시간이 가속하는 듯 느껴지니, 이미 노인인 자에게 그만큼 가혹한 일은 없을 것이다.

이히히히힝!

기명자의 탄식에 호응하듯 취명이 울었다. 취명 또한 말 사이에서는 기명자만큼이나 늙은 처지였다.

"쯧쯧… 그래, 너도 많이 늙었구나."

몇 년을 함께했는지 이제 기억도 잘 나지 않는 노인과 노마였다. 기명자는 고삐를 쥐는 둥 마는 둥, 수레의 진로를 전적으로 취명에게 맡기고 있었다.

"크으!"

그리고 자유로운 손에는 아주 당연하게도 술병이 들려 있었다. 기명자의 얼굴은 그가 버린 단풍만큼이나 붉어져 있었다.

"나보다 먼저 죽지만 말아라. 나는 아직 죽으려 해도 죽지 못할 처지이지만……."

기명자의 목소리는 점점 줄어들어, 처음에는 취명에게 건네는 말 같더니 종내 혼잣말로 변하였다. 그러나 취명은 신경도 쓰지 않는 듯, 무거운 걸음으로 수레를 끌뿐이었다.

"자네도 한잔하겠나? 그저 근심이 있을 때는 술이 최골세."

기명자는 술을 한 모금 들이키고, 고개를 돌려 말했다.

"……."

수레에 올라탄 이는 답이 없었다. 그저 턱을 괴고, 수레바퀴의 흔들림에 몸을 맡겨 지나치는 풍경을 바라볼 뿐이었다. 소금을 뿌려 가판에 널어놓은 생선처럼 생기없는 눈으로 말이다.

"끌끌."

하루 이틀 일이 아니다. 기명자는 익숙하다는 듯 혀를 차며 술병을 입가에 대었다.

"캬아!"

칼칼한 목 넘김을 음미하는 소리가 모용천의 귓가를 때렸다. 모용천은 가만히 앉아 중얼거렸다.

"좀 더… 빨리 갈 수 없습니까?"

며칠 만에 열린 입이다. 기명자가 반갑게 돌아봤다.

"이제야 말문이 트이나? 난 또 입이 붙은 줄 알았구먼!"

"입이 붙기는… 생각할 게 많았을 뿐입니다."

모용천은 쓰게 웃었다.

죽고 싶다는 생각을 했다. 실제로 죽으려고도 했고, 죽음을 마주하고도 피하려 하지 않았다.

남궁미인의 죽음은 모용천에게 그만큼 커다란 충격이었다.

단순히 죽었다는 사실 때문이 아니다. 그녀를 죽음으로 몰고 갔던 것이 다름 아닌 모용천 자신이라는 게 받아들이기 힘들었던 것이다.

앞일을 재단하지 못하고 그저 눈앞의 현실을 부정하며 남궁미인을 구했던 모용천. 그렇게 구해놓고도 초라한 모습을 드러내기 싫어 어정쩡한 자세로 일관했던 모용천. 그 마음을 온전히 감추지도 못하여 남궁미인으로 하여금 부담을 가지게 했던 모용천.

이 모든 모용천 자신이 남궁미인을 죽음으로 떠민 원인이었다는 사실을 깨달았을 때, 그 충격을 달리 무엇으로 표현할 수 있단 말인가? 그 순간의 혼란을 죽음이 아닌 무엇으로 수습할 수 있단 말인가?

그러나 그것은 또 다른 오만이었다.

순간의 혼란은 죽음 아닌 시간으로도 충분히 수습할 수 있었던 것이다. 시간은 남궁미인의 죽음이 가져다준 충격도 무디게 함을 깨달았을 때, 모용천은 쓰게 웃을 수밖에 없었다.

남궁미인에게 저질렀던 과오, 죄인이라는 괴로움 속에서도 허기와 잠은 피할 수 없었다. 기명자의 수레를 얻어 타고 요녕까지 오는 길, 때가 되면 배를 채워야 했고 잠이 들어야 했다. 이런 생리적 욕구는 말 그대로 우화등선(羽化登仙)한 자가 아닌 이상 피할 수 없는 것이지만, 모용천에게는 도리어 자신을 돌아보는 기재가 되었다.

씻을 수 없는 죄의 대가는 죽음뿐이라고 느꼈던 순간. 그 순간의 판단이란 얼마나 얄팍한 것이었던가!

"피곤하군……."

새로 장만한 수레는 예전처럼 덜컹거리지 않았다. 미세하게 흔들리는 수레 위에서, 모용천은 중얼거렸다.

"뭐?"

제 귀에도 들리지 않을 정도로 작게 중얼거렸는데, 귀신같이 듣고 기명자가 돌아봤다. 모용천은 고개를 저으며 말했다.

"아무것도… 얼른 세가로 돌아가고 싶습니다."

남궁익에게 두 동강 난 놈을 버리고 얻은 새 수레의 첫 손님은 모용천이었다. 겨우 숨만 쉬고 있는 모용천을 억지로 태우고 행선지도 없이 며칠을 갔을까? 모용천이 꺼낸 한마디는 고향으로 돌아가고 싶다는 말이었다.

기명자는 모용천이 미처 몰랐던 이야기도 들려주었다. 그것은 기명자가 남궁미인을 데리고 간양을 빠져나왔을 때, 이미 남궁익과 만났다는 것이었다. 그때 이미 남궁미인은 자결을 마음먹었을 것이다.

"그녀가 그러더군. 그녀와 자네에게 시간을 달라고 말이야."

본래는 더 많은 말이 오갔을 것이다. 그러나 기명자는 짧게 말했고, 모용천은 그것으로 충분했다. 남궁익이 왜 그렇게 화를 냈는지, 왜 그런 소모적인 싸움을 걸었는지, 마지막에 왜 자신을 살려두었는지… 기명자의 짧은 말속에 그 이유가 모두 들어 있었다.

그 말을 들었을 때, 모용천은 일 년간 미뤄두었던 피곤이 한꺼번에 몰려오는 것을 느꼈다. 반쯤은 옛 영화의 수복이라는 의무감에, 나머지 반은 자유를 찾아서. 도망치듯 세가를 빠져나와 강호에서 보낸 일 년을 돌아보니 남은 것은 피곤함뿐이었다.

일 년을 강호에서 굴렀으나 손안에는 아무것도 남아 있지 않았다. 심지어 모든 걸 다 버리고 갖고자 했던 남궁미인마저도.

생각이 그에 미치자 모용천은 유 총관이 그리워졌다. 자리에 누워 숨만 쉬는 아버지가 그리워졌다. 넓은 부지만이 옛 영화를 말해줄 뿐, 사람이 없어 을씨년스러운 세가가 그리워졌던 것이다. 아무 말 없이 자신을 받아줄 곳은 나고 자란 모용세가뿐이었다.

기명자는 군소리없이 모용천의 말에 따라 요녕까지 먼 길을 왔다. 이제 심양도 가까워, 모용세가가 머지않았다.

"들었냐?"

기명자는 대답 대신 취명을 다그쳤다.

이히히히힝!

모용천의 말을 알아들었는지, 울음소리와 함께 취명의 걸음이 한층 빨라졌다.

심양은 모용세가와 명을 함께한 도시였다. 모용세가가 흥하였을 때 함께 흥하였고, 몰락의 운명도 함께하였다. 거리에는 사람의 그림자가 드물었고, 간혹 오가는 이들은 어깨를 축 늘어뜨리고 있었다.

심양은 처음이었는지, 기명자가 툴툴거렸다.

"이 동네는 분위기가 왜 이래? 눈깔이 다 죽어 있는 게 누구네 고향인지 안 봐도 알겠다, 알겠어!"

물론 모용천은 대답하지 않았다. 그에게는 너무나 익숙해, 도리어 마음이 편안해지는 광경이었으니까. 하지만 익숙한 거리를 지날수록 마음 한구석이 불편해져 갔다.

유 총관에게 뭐라 말해야 할지, 유 총관을 무슨 낯으로 봐야 할지 걱정이 앞서는 것이다. 우진이 잔뜩 바람을 불어넣어 들뜬 유 총관의 얼굴이 눈에 선했다. 세가의 옛 영화를 수복하겠다는 일념으로 살아왔던 유 총관이 얼마나 실망했을지, 가늠할 수조차 없었던 것이다.

'뭐라고 말해야 할까……'

남궁미인의 죽음과 그로 인한 죄과를 고스란히 짊어졌다고 생각했을 때에는 그것이 세상의 전부인 양 느껴졌다. 하지만 살아 있는 동안에는 매순간 닥치는 사소한 고민들이 때로 무엇보다 크게 느껴지기도 한다.
　산다는 것은 이토록 남루하고 보잘것없는 일일진대.
　"후우……."
　모용천은 깊은 한숨을 쉬었다.
　그럼에도 불구하고 자신은 남궁미인을 살리려 했고, 남궁미인은 자신을 살리려 했다는 사실에 생각이 미친 것이다.
　달그락. 달그락.
　모용천의 생각이야 무엇이든 수레바퀴는 굴러간다.
　심양 시내를 통과해 모용천이 일러준 대로 취명을 몰던 기명자가, 문득 고삐를 당겼다.
　이히히히힝!
　취명이 걸음을 멈췄다. 도착한 걸까? 모용천이 감고 있던 눈을 떴는데, 기명자가 묘한 얼굴로 돌아보는 것이었다.
　"이봐, 여기 맞아? 가르쳐 준 대로 오긴 했는데……."
　말꼬리를 흐리는 기명자보다, 주변의 공기가 더 많은 것을 모용천에게 속삭였다. 벌떡 일어난 모용천의 눈 아래 생각지 못한 광경이 들어왔다.
　"……."

마땅히 있어야 할 것들이 보이지 않았다.
 유 총관 혼자서는 열지도 못할 만큼 무거운 세가의 대문도, 옛 영화를 증언하는 긴 담벼락도. 몇십 년을 주인없이 지내온 수십 채 건물들도.
 다만 남은 것은 가득한 잿더미와 미처 타지 못하고 남은 장원의 잔해들뿐이었다.
 "유 총관! 아버님!"
 모용천은 크게 소리치며 수레에서 뛰어내렸다. 넓은 장원이 모두 잿더미로 변하고, 남은 잔해들은 무너지거나 서로에게 의지해 위태로이 서 있었다.
 "유 총관! 아버님! 유 총관!"
 날듯이 뛰어다니며 소리쳤지만 답은 돌아오지 않았다. 모용천은 한 건물의 잔해 앞에 멈춰 섰다. 잔해에 파묻힌 현판은 검게 그슬렸지만 청신(淸身)이라는 두 글자가 남아 있었다.
 청신당. 아버지인 모용담의 거처도 불타 무너진 것이다.
 "아버님! 아버님!"
 모용천은 미친 듯이 소리치며 청신당의 잔해를 파헤쳤다. 손톱 사이에 재가 끼고 얼굴이 온통 더러워질 때까지 파헤치고 또 파헤쳤지만 나오는 것은 없었다.
 한참을 파헤치고, 다시 장원을 이 잡듯이 뒤졌지만 아버지나 유 총관의 모습은 어디에도 보이지 않았다.

털썩!

모용천은 잿더미 위에 힘없이 주저앉았다.

편안히 쉬기 위해 돌아온 곳이 자신도 모르는 새 잿더미로 변해 있다는 사실을 받아들이기가 힘들었다. 유 총관의 과실로 이 넓은 장원이 불타 무너졌다고는 생각하기 힘들다. 대체 누가, 무슨 이유로 이런 짓을 벌였단 말인가?

무엇보다 유 총관과 아버지는 어떻게 된 걸까? 설마 장원과 함께 불타 내가 아직 찾지 못한 잔해 어딘가에 묻혀 있는 걸까?

"……."

끔찍하고, 상상하기도 힘든 일이다. 모용천은 얼굴을 감싸쥐고 불길한 생각을 애써 떨치려 했다. 그러나 얼굴에 묻은 재처럼 불길한 생각은 짙어져만 갔다.

'설마 호북양가가 심양 땅까지 와서 응징한 걸까? 그네들의 위세에 비하면 티끌보다 못한 이 몰락한 가문을?'

아무리 모용천이 밉다 해도 세가에 이런 식으로 죄를 묻는 일은 명문답지 못한 행동이다. 호북양가가 무엇보다―심지어 사람의 생명보다―체면을 중시하는 권문세가임을 감안하면 이런 일을 저지를 거라 생각하기 어려웠다.

'하지만 그렇다면 대체 누가 이런 짓을 했단 말인가? 유 총관과 아버님은 대체… 어떻게 된 거지?

앉아서 아무리 생각해도 답이 나올 리 없다. 하지만 이 정도 큰 일이 벌어졌다면, 심양 주민들이 모를 수가 없으리라.

'누구든 붙들고 물어보면 답이 나오겠지.'

그러나 답은 가까운 곳에 있었다. 기명자가 두루마리를 들고 모용천이 나오기를 기다리고 있었던 것이다.

"그게 뭡니까?"

잿더미를 뒹굴다 나왔으니 모용천의 몰골은 말이 아니었다. 기명자는 난처한 얼굴로 두루마리를 내밀었다.

"대문으로 보이는 곳에 걸려 있더군. 직접 읽어보게."

천하의 색마, 무림공적 모용천은 들으라.

최대의 악인을 단죄함에 어찌 순서가 있겠느냐만 그 종적이 묘연하니 부득이 선후를 바꾸었노라.

여우 굴에 불을 피우는 것은 당연히 여우를 잡기 위함이며, 악인을 배출한 세가 또한 어찌 과가 없다 하겠는가?

늙은 종복과 병든 아비에게 죄를 물음이 가혹하다 하기 전에 네가 한 일을 돌이켜 보아라. 그리고 순순히 남경으로 와 투항하라. 천하를 대신해 본 세가가 죄를 묻겠노라.

종리세가 가주 종리창 백

'종리세가……!'

 세가를 불태운 것은 다름 아닌 종리세가였다. 이유는 알 수 없었으나 일단 첫 번째 의문은 풀린 것이다.

 더군다나 두루마리의 내용이 유 총관과 아버지의 생존을 밝히고 있었다. 적어도 자신을 잡기 위해서 데려갔으니 살려 두기는 하지 않았겠는가?

 "아니, 뭐야? 납치되었다는데 뭘 그렇게 안심하고 있어?"

 모용천을 기다리면서 이미 안을 본 기명자였다. 당연히 이 만행이 종리세가의 소행임을 알고 있었고, 유 총관과 모용담도 납치당했음을 알고 있었다. 두루마리를 읽으면 크게 분노하거나 적어도 걱정이 앞설 줄 알았는데, 모용천은 도리어 안심하는 표정을 짓는 것이었다.

 기명자가 이해할 수 없다는 투로 묻자, 모용천은 두루마리를 접고 대답했다.

 "어쨌든 두 분 다 무사하시다는 말 아닙니까."

 "종리세가가 자넬 끌어들이기 위한 미끼로 말이지."

 기명자가 빈정거렸다.

 수레 뒤에서 말없이, 죽은 듯 심양까지 실려온 모용천이다. 제 집이 불타 사라지고 아비와 충복이 납치당했다면 자연히 낙담이 더 커야 할 텐데, 도리어 모용천의 얼굴에 다소나마 생기가 돌아오니 이해하기 힘들었던 것이다.

모용천은 개의치 않고, 힘주어 대답했다.

"처지가 무슨 상관입니까? 살아 계시다니 그걸로 족하지요. 살아만 계시면, 다음은 어떻게든 할 수 있지 않습니까?"

기명자가 아니라 스스로에게 하는 말이다.

살아만 있다면 무엇이든 할 수 있는 것이다.

살아만 있다면…….

"흐음."

여전히 이해할 수 없다는 듯 기명자는 고개를 갸웃거렸다. 그런 기명자를 내버려 두고, 모용천은 두루마리를 읽고 또 읽었다.

*   *   *

남궁세가의 봉문이 채 가라앉기도 전에, 모용세가의 장원을 불태운 종리세가의 행위가 중원 무림을 다시 들쑤셔 놓았다.

모용천 개인에 대해서는 이미 남궁세가의 여식을 탐한 색마이며, 정파 무림맹의 권위를 실추시킨 망나니라는 평이 대부분이었다. 그러나 무림 오대세가 중 하나인 종리세가가 이미 몰락하여 변변한 힘도 갖추지 못한 모용세가를, 그것도 모용천이 부재중인 틈을 타서 초토화시켰다는 사실은 세인들에게 판단의 혼란을 불러일으켰다.

과연 그렇게까지 할 필요가 있었는가?

이 질문에 많은 무림인들은 고개를 저었다. 모용천이 벌인 일이 크게는 관부와 무림의 대립을 불러일으킬 정도로 중대한 사건이긴 하였으나, 실질적으로는 모용가와 남궁세가, 호북양가 세 가문(더 정확히 말하자면 두 가문과 한 사람)에 국한된 일이다. 그에 대해 남궁세가는 봉문이라는, 치르지 않아도 될 대가를 치렀으며 호북양가는 남궁미인의 열녀 책봉이 확실시되는 만큼 더 이상 쓸데없는 일을 벌이기를 삼가는 중이었다.

이런 상황에서 종리세가가 뛰어들어 모용천을 단죄하겠다며 힘없는 모용세가의 장원을 불태우고 늙은 종복과 와병중인 가주를 납치했으니 곱게 보기가 더 어려운 노릇이었다.

그러나 이 일에 뛰어들었을 때 득보다 실이 많을 거라는 결과를 종리세가가 예측하지 못했을 리도 만무했다. 그럼에도 불구하고, 수많은 질타를 감수하고도 강행해야 했던 이유가 무엇인지 궁금해하지 않는 이가 없었다.

"…그런 까닭에 맹주께서는 종리 가주께서 뜻을 철회하시기를 바라십니다."

결론은 마지막 한 문장뿐이지만 그에 이르기까지 수많은

이유와 단서가 필요했다. 숨을 골라야 할 만큼 말을 많이 했지만, 사내의 얼굴이 달아오른 것은 숨이 막혀서가 아니었다. 권왕의 열두 제자 중 둘째, 뇌운락(牢云洛)은 정파 무림맹의 특사 자격으로, 맹주를 대신해 이곳 종리세가에 온 것이다.

그러나 종리세가의 가주 종리창은 탁자 위 화분에 담긴 난을 이리저리 살피며, 뇌운락의 말을 듣는 시늉조차 않는 것이었다. 그리고는 뇌운락의 말이 끝나기 무섭게,

"불가하오."

하고 딱 잘라 말했다.

"가주!"

결국 뇌운락이 크게 성을 냈다.

정파 무림맹 본영이 있는 무한으로부터 이곳 강소성 남경까지 오는 길만 한세월이다. 종리세가에 도착하고서는 뭐가 그리 바쁜지 가주의 코빼기도 보지 못하고 손가락만 빨며 기다리기를 또 사나흘 했던가?

답답하다 못해 속이 터질 무렵에야 겨우 성사된 자리다. 그런 자리에서 종리창이 시종일관 뇌운락을 무시하였으니 성이 나지 않는 게 도리어 이상한 일이다.

그러나 종리창은 아랑곳하지 않고 난을 쓰다듬으며 이렇게 대답하는 것이다.

"이미 물은 엎질러졌소. 이제 와서 두 사람을 내준다 하여

그 망나니가 가만히 있겠소? 본 세가의 체면은 어찌할 것이오? 따라서 이 일을 번복하는 것은 불가하외다."

뇌운락은 간신히 화를 다스리며 응대했다.

"하지만 이는 단순히 종리세가의 일만이 아닙니다. 세가뿐 아니라 무림맹의 명예도 손상될 게 아닙니까?"

"…무림맹의 명예?"

난을 쓰다듬던 종리창의 손길이 멈췄다. 뇌운락을 제대로 쳐다보지도 않던 종리창이 눈을 치켜뜨며 말했다.

"무림맹이… 아니, 맹주가 명예를 중요시한다면 우리에게 순번이 돌아왔겠소?"

눈빛만큼이나 신랄한 어조였다.

"무슨 말씀이신지 모르겠군요."

뇌운락이 미간을 찌푸리며 말하자, 대답 대신 쾅! 하는 소리가 방 안을 흔들었다. 종리창이 주먹으로 탁자를 치고 일어난 것이다.

"그런 무책임한 말이 어디 있소! 저 무림공적, 모용천이라는 놈의 행각을 뇌 사부가 몰라서 하는 말이오? 세간에 무림맹을 대표하는 인물로까지 성장했던 놈이오. 그런 놈이 발정이 나서 호북양가의 며느리를 납치하였소! 무림맹의 명예가 대체 언제 손상되었단 말이오? 놈이 그 낯 뜨거운 행각을 저질렀을 때요? 아니면 본 세가가 나섰을 때요?"

"……."

"그 이후는 어떻소? 맹주가 직접 척살령을 내렸는데 막상 모범을 보여야 할 문파는 나서지 않고 전력이 떨어지는 자들만 나서서 피해를 보지 않았소? 지금 천하인들에게 물어보시오! 본 맹에 과연 손상될 명예가 있기나 한지 말이오!"

사건 당시 우진의 판단은 정확했고 대처도 신속했다. 지금까지 세운 공보다 앞으로의 이용가치가 더 클 모용천을 버리는 데 주저함이 없었던 것이다.

문제는 맹주의 척살령을 따라야 할 자들이 따르지 않았다는 데에 있었다. 공교롭게도 같은 시기, 마왕이 강호에 모습을 드러냈던 것이다.

당연히 구파일방 급 유력 문파들의 시선은 온통 마왕에게로 쏠렸다. 그들의 눈에 모용천이 들어올 리 없었으니, 자연히 척살의 부담은 고스란히 아래 급의 군소방파의 차지가 되었던 것이다.

모용천 정도 되는 고수를 척살한다는 것은, 단순히 많은 인원수로 할 수 있는 일이 아니다. 지형과 지물, 동선을 고려한 치밀한 계획은 기본이며 투입될 인원을 통솔할 지휘부의 능력도 중요하다. 이런 규모의 행사에, 많은 인원은 그것만으로 실패 확률을 높이는 요인이 된다. 모용천이라는 하나의 사냥감을 잡기 위해서는 전체가 유기적으로 움직여야 하는데, 여기에 있어 전제되어야 하는 것이 원활한 소통이기 때문이었다.

다수란, 그 자체가 소통을 저해하는 원인이 된다.

그런데 막상 척살을 지휘해야 할 유력 문파들이 마왕만 바라보고 앉았으니, 전체가 머리를 맞대어 수행해야 했을 모용천 척살에 제각기 뛰어든 군소방파들의 운명이 어떠했는지는 처음부터 결과가 자명한 일이었다.

실제로 모용천 척살에 뛰어든 군소방파들 중 상당수가 주요 전력을 잃었고, 일부는 재기할 수 없는 지경에까지 이르렀다. 이런 상황에서 움직이지 않았던 유력 문파들은 무당파를 반면교사 삼아 마왕은 건드리지도 않았으니, 이래저래 무림맹은 망신만 당한 꼴이었다.

하지만 더 큰 문제는 무림맹이라는 단체가, 명확히는 그 중심에 선 신창권문과 권왕이 산하 문파들을 얼마나 장악하고 있는지, 무림맹이라는 단체의 결속력이 어느 정도인지가 모용천 사건을 통해 천하에 드러났다는 점이었다.

일 년이 채 안 되는 짧은 기간 안에 모용천은 우진과 무림맹에게 영광과 좌절을 번갈아 안겨준 것이다. 아니, 가져다주었다가 도로 빼앗았다고 해야 정확한 표현일까?

어쨌든 이를 꼬집은 종리창의 말에 반박의 여지는 없었다. 그러나 뇌운락은 지지 않고 목소리를 높였다.

"그렇기 때문에 더욱 안 된다는 겁니다! 천하인들이 본 맹을 의심스러운 눈으로 보고 있을 때이니만큼 자중해야 하는 게 아닙니까? 귀 세가마저 맹주의 명을 무시해서야 어찌 맹의 기강을 세울 수 있단 말입니까?"

"간단한 방법이 있소."

"그게 뭡니까?"

"맹에서 본 세가를 지원해, 배신자를 단죄하는 일밖에 더 있겠소? 애초에 일이 모두 그놈으로 인해 벌어졌으니, 그놈을 잡아 죽이면 해결될 게 아니겠소?"

대개의 논쟁이 그렇듯 이 역시 원점으로 돌아왔다. 종리세가를 지원할 경우와 종리세가로 하여금 포기하게 만드는 경우 중 어느 쪽이 더 이득인지, 그 정도 검토도 없이 뇌운락을 보낸 것도 아니니 말이다.

그 뒤로도 뇌운락은 몇 번이나 더 설득을 시도했지만, 이미 결심을 굳힌 듯 단단한 종리창의 마음을 흔들 수 없었다. 마지막이라는 생각으로, 뇌운락이 무겁게 말했다.

"정 그러시다면 저도 더 이야기하지 않겠습니다. 하지만 맹주께서 정녕 우려하시는 점이 무엇인지만 말씀드리지요."

뇌운락이 지금껏 많은 이야기를 했지만 가장 중요한, 결정적인 이야기는 빼놓고 있었다. 실은 끝까지 할 기회가 없기를 바라던 이야기였다.

"맹주께서 만류하시는 가장 큰 이유는, 귀 세가가 모용천 한 사람에게 당할 확률이 높다고 판단했기 때문입니다."

화가 난다기보다 어이가 없는 발언이다. 아무리 강하다 한들 모용천은 한 사람인데, 어찌 종리세가가 당해내지 못할 것인가?

그러나 종리창은 뇌운락의 말을 무시하지도, 비웃지도 않았다. 놀랍게도 종리창은 고개를 끄덕이며 무겁게 동의를 표했다.

"맹주가 무엇을 걱정하는지 알고 있소. 일리가 있소. 정당한 말이지."

모용천이 처음 그 무위를 천하에 드러내었던 날.

종리창 자신도 그 자리에 있지 않았던가?

그 자리에서 모용천은 삼 단계의 마천상야공을 연성한 황지엽을, 어린애 손목 비틀듯 쉽게 제압했었다. 아직 여물지 않은 황지엽을 이길 수 있는 자야 그 자리에 여럿 있었으나, 모용천과 같이 압도적인 승리를 장담할 수 있는 자는 다섯 손가락으로도 꼽기 힘들었다.

모용천의 나이를 생각할 때 그와 같은 경지는 천 년 무림의 역사 속에서 유례를 찾아볼 수 없는, 있을 수도 없으며 또한 있어서는 안 될 그런 것이었다.

그 이후로도 모용천의 행보는 믿기 힘든 일들의 연속이었다. 남만 땅에서는 수왕을 무림맹의 편으로 끌어들이는 데 성공했고, 북해빙궁에서는 빙왕이 보는 앞에서 관음지 허규를 제압했던 것이다.

관음지 허규는 사파의 절정고수. 그 위상은 마왕의 어린 아들과 비할 바 아니다. 당장 종리창 자신도 관음지에 비하면 손색이 있지 않은가?

순순히 수긍하는 바람에 당황한 것은 오히려 뇌운락이었다. 종리세가의 가주라 하면 아무래도 무공보다 머리가 앞선다는 인물이긴 하나, 이제 갓 약관을 넘긴 애송이 하나보다 세가 전체가 못하다는 말에 옳다고 고개를 끄덕이니 놀랄 수밖에.

"그걸 아시는 분이 어째서……?"

뇌운락이 묻자 종리창은 나직이, 그러나 차가운 목소리로 대답했다.

"그렇기 때문에 인질을 잡아놓은 것이오."

종리세가의 열세를 스스로 인정할 때보다 더 어이없는 발언이다. 무공도 모르는 칠십 노인과 숨만 쉬는 게 고작인 병자를 잡은 것만으로 세간의 질타를 받을 터인데, 한술 더 떠 인질로 삼겠다고?

뇌운락이 소리쳤다.

"가주! 지금 그게 하실 말씀입니까?"

"세상에 하지 못할 말이 어디 있겠소?"

종리창은 냉소하며 반문했다. 뇌운락은 고개를 저으며 말했다.

"아무리 모용천이 천하에 큰 죄를 지었다 해도 이럴 수는 없습니다. 아니, 명문정파가 왜 존경받는지 그 이유를 아신다면 이러실 순 없습니다. 사파의 무리가 밉다 하여 그들과 같은 방식으로 대한다면, 우리가 어찌 정파라 하겠습니까? 특히 귀 세가는 맹 내에서도 모범을 보여야 하는 입장일진대, 가주께서 이러시면 저 간악한 자들과 다를 게 무어란 말입니까?"

사람들이 역사라는 이름으로 제 기억을 기록하기 시작한 순간은, 인간에게 있어 투쟁의 대상이 자연에서 인간 자신으로 바뀌어가는 시점과 일치한다. 개인과 개인, 집단과 집단이 어떤 식으로 투쟁하여 서로를 잡아먹고 또 먹혀왔는가의 기록이 역사의 전부라 해도 과언이 아닌 것이다.

투쟁의 대상이 인간 자신으로 전이되었음에도 방식은 자연을 상대로 하던 것과 마찬가지였다. '눈에는 눈, 이에는 이'라는 가장 원초적인 투쟁의 방식은, 사실상 문명이 고도로 발달된 지금에 이르러서도 크게 달라진 바가 없었던 것이다.

그렇기 때문에 칼이 아니라 붓을 쥔 자들은 인간이 자연으로부터 독립되어 성장하기 위해 이러한 투쟁의 방식, 더 나아가 삶의 방식을 극복해야 한다고 여겼다.

대저 갈등이란 상반된 가치의 충돌이고, 상반된 가치는 대개 변화를 수용하는 집단과 거부하는 집단의 분리로부터 일어난다. 변화란 곧 기존의 방식을 극복해야 한다는 움직임인데, 이로 인한 분리와 갈등이 바로 무림이라는, 세계 속의 또 다른 세계에서 가장 극명히 드러나는 것이다.

정과 사.

이들을 가르는 기준은 앞서 변화를 수용하느냐 거부하느냐로 나누어지는 집단의 분리와 동일한 맥락에서 읽어낼 수 있다. 즉, '당한 대로 갚아주는' 기존의 방식을 고수하는 자들을 사파로, 법과 도덕 등의 제약으로 그를 극복하고자 하는 자들을 정파로 위치시키는 것이다.

자연히 이들은 서로를 부정할 수밖에 없다. 사파에게 있어 정파란 허례허식에 찌들어 인간 본연의 성질을 왜곡시키는 자들일 뿐이며, 정파에게 있어 사파란 문명화된 인간 사회의 발달을 따라가지 못하는 야만의 다른 이름에 불과한 것이다. 그리고 인간이 발휘할 수 있는 힘의 극에 달한 집단, 무림의 갈등은 그 폐해가 가장 극단적으로 드러날 수밖에 없다.

물론 이와 같은 가치의 논쟁에 정답이 있을 리 없다. 다만 연속적인 갈등을 점(點)이 아닌 선(線)으로 이해하고, 그 속에서 단 반보(半步)라도 앞으로 가고자 하는 시도만이 유의

미할 뿐이다. 인간사를 비극으로 정의한다면, 그 시도가 대개 조롱당하거나 부정당하며 때때로 잊히어지기 때문일 것이다.

어쨌든 뇌운락의 말은 이렇게 정사를 가르는 가장 본질적인 차이를 짚고 있었다.

죄인을 벌함에 있어 그가 저질렀던 과오 그대로 되돌려 주는 것만큼 쉬운 방법은 없다. 그러나 그 방법을 피해야 하는 까닭은, 그 과정이 처벌하는 측을 죄인과 같은 입장으로 전락시키기 때문이다. 사파에게 사파의 방식으로 대응한다면, 정파로서의 존재 의의를 어디에서 찾아야 한단 말인가?

"당장 저 절창을 보십시오. 사람들이 그의 무공을 높이 사면서도 꺼려했던 까닭은, 그의 방식이 사파의 인물들과 닮아 있었기 때문이지 않습니까? 그렇게 사파를 증오하던 절창이, 어째서 지금 마왕의 수하가 되었겠습니까? 명문정파라면 지켜야 할 선이 있는 법입니다."

뇌운락의 말에는 급기야 안타까운 심정마저 서려 있었다.

종리세가는 비록 오대세가에 합류한 지 얼마 안 됐으나 그 이전부터 명문으로 칭송받아 온 가문이다. 그러한 전통이 훼손당하는 것은, 그와 관련없는 자들에게도 아쉬움을 불러일으키는 일인 것이다.

그러나 종리창은 고개를 저을 뿐이었다.

뇌운락도 마주 고개를 저으며 물러났다. 종리창의 태도가 이리 완강하니 더 말할 것이 없었다.

뇌운락이 물러나자 종리창은 눈을 감고 의자에 몸을 묻었다.

'모용천……!'

징그럽고 증오스럽기 짝이 없다. 생각만 해도 머리가 아파오는 이름이다. 종리창은 얼굴을 찡그리며 이마를 짚었다.

휘익—

뇌운락이 나가 종리창밖에 없는 방에, 하늘에서 떨어졌는지 땅에서 솟았는지 웬 노인 한 사람이 나타났다. 동글동글한 얼굴은 대추처럼 붉었고, 떴는지 감았는지 작은 눈은 반달 모양으로 휘어져 웃고 있었다.

"끌끌… 대종리세가의 가주가 저런 애송이 놈한테 훈계나 듣고, 잘한다, 잘해! 이 녀석아!"

노인은 다짜고짜 혀부터 차며 종리창을 나무랐다. 종리창은 앉은 자세를 바로 하며 노인에게 대답했다.

"맹주의 특사입니다. 대접은 해야 할 것 아닙니까?"

"그 무림맹인지 뭔지에 들어간 것부터가 잘못이란 말이다. 너는 우리가 오대세가에 들기 위해 했던 그 고생들을 다 헛짓거리로 만든 게 아니냐. 그래, 들어간 것까지는 좋다 치자. 고작 받는 대접이 이 정도라면 너에게 문제가 있는 게 아니냐?"

노인의 눈은 여전히 웃고 있었지만 말투는 신랄하기 짝이 없었다. 노인 역시 종리세가의 사람이라면, 아무리 배분이 높다 해도 가주를 이렇게까지 몰아붙일 수는 없었다. 그러나 노인은 눈 하나 깜짝 안 하고, 아니, 웃으며 험한 말을 내뱉는 것이다.

"다 제가 못난 탓입니다."

놀랍게도 종리창은 한마디 불평 없이 고개를 숙였다. 그 모습을 보며 노인은 재차 혀를 찼다.

"끌끌… 그래, 그 모용천이라는 놈이 우리를 불러낼 만큼 대단하단 말이냐?"

종리창은 무거운 안색으로 대답했다.

"들으신 그대로입니다. 현재 세가의 전력으로는 승리를 장담할 수 없습니다. 할 수 있는 한 최대한으로 전력을 끌어모으고 있지만… 좀 더 확실한 보장이 필요합니다. 제발 힘을 빌려주십시오."

"에잉… 못난 녀석……."

노인의 목소리가 한결 누그러졌다. 이러니저러니 해도 현 세가의 가주는 종리창이다. 노인은 흘러간 시대의 잔영, 사라지지 못해 남은 자에 불과한데 그 힘을 원할 정도로 구석에 몰린 가주가 안타까울 수밖에 없었다.

"그놈이 그렇게 미우냐?"

"……."

종리창은 대답하지 않았다. 켜켜이 쌓인 증오가 퇴색될까, 입 밖으로 내기조차 두려운 것이다.

"아직도 상웅이 녀석이 죽은 게 놈의 탓이라고 생각하는 거냐."

"…다른 어른들은 뭐라고 하십니까?"

이어진 노인의 질문에도 대답하지 않고, 종리창은 다른 말을 했다. 노인은 고개를 저으며 말했다.

"다들 제 멋대로 살아온 게 몇 년인데 성질들이 어디 가겠느냐? 몇 놈이야 별생각이 없대도 몇 놈은 나보다 더 너를 욕하더라."

"꼭 설득해 주십시오. 지금 밟아놓지 않으면 언젠가 놈으로 인해 세가가 고사할 일이 벌어질 겁니다."

이는 정당한 근거가 있는 예측도 아니오, 시대의 흐름을 읽어내는 직관도 아니었다. 굳이 말하자면 맹목적인 증오를 합리화시키기 위한 수단이라 하겠는데, 이런 자기합리화는 다시금 증오를 낳는 악순환에 빠지기 쉬운 것이다.

그러나 노인은 그를 알면서도, 그저 고개를 저으며 혀를 찰 뿐이었다.

* * *

심양으로 올라오며 세월을 재촉했던 기명자의 수레는, 이제 겨울과 동행하여 남쪽으로 내려가는 중이었다. 바람은 어느새 날을 세워 거적 하나라도 덮으라고 윽박지르고 있었다.

수레가 호북성에 이르렀을 때, 기명자가 운을 뗐다.

"종리세가로 갈 셈인가?"

뒤에서 모포를 덮고 있던 모용천이 대답했다.

"가야지요. 아버님과 유 총관을 구해야지요."

"그렇다면 여기서 길이 갈라지겠군."

이히히히힝!

묵묵히 수레를 끌던 취명이 한마디 거든다. 말은 하지 않아도 기명자나 취명이나, 이대로 헤어지기 아쉬운 것이다.

"…그렇습니까."

모용천도 어렴풋이 느끼고 있던 일이다. 아쉽지만 어쩔 수 없다. 회자정리(會者定離)라 하지 않았던가.

꿀꺽.

기명자는 술을 한 모금 마시고 말을 이었다.

"하늘에게서 받은 시간이 얼마 남지 않았어. 이 녀석도 그렇고, 나도 머잖아 귀천할 걸세. 그전에 할 일을 해야 하니, 아쉽지만 자네가 종리세가를 깨부수는 일은 보지 못할 것 같군."

"무슨 그런 말씀을… 저는 아버님과 유 총관을 구하는 걸로 족합니다. 종리세가를 깨부순다니, 그럴 능력도 없고요."

모용천이 고개를 젓자 기명자는 의미심장한 표정을 지었다.

"쯧쯧쯧. 아직도 내 말을 믿지 못한다면 그것도 다 자네 복일세. 때가 닥치면 알게 되겠지."

"기 선배야말로 불길한 말씀은 하지 마십시오. 얼마 남지 않았다느니 귀천이라느니… 이렇게 정정하신데 말입니다."

모용천이 눈살을 찌푸리며 말하자, 기명자가 웃으며 대꾸했다.

"이 사람아, 내 업이 뭔지 아직도 몰라? 평생 천기를 읽어 온 내가, 내 운명 하나 모를 것 같은가?"

"천기를 읽으셨다니… 미처 몰랐습니다."

"내 지금 당장 무슨 일이 일어날지 맞춰볼까?"

그리 말하는 기명자의 얼굴에 자신이 가득했다. 대체 어쩌려는 건지 가만히 보는데, 기명자가 손에 든 술병을 입으로 가져가는 게 아닌가?

꿀꺽, 꿀꺽.

"크으!"

기명자의 목 넘기는 소리는 언제 들어도 일품이라, 모용천도 절로 술 생각이 나게 만드는 힘이 있었다. 하지만 그 소리가 앞일을 맞추는 것과 무슨 관계란 말인가?

모용천의 속내가 빤히 들여다보인다는 듯, 기명자는 웃으며 말했다.

"이 사람아, 뭘 그런 눈으로 보나? 이게 다 깊은 뜻이 있어서 하는 일인데. 자… 어디 보자……."

굴러가는 수레 위에서, 기명자는 목을 앞으로 빼고 좌우를 둘러봤다. 관도를 벗어나 오른 길은 호젓하니, 그리 넓지 않은 폭에 좌우로 수풀이 우거져 있었다.

기명자는 그중 한쪽을 가리키며 말했다.

"잘 보라구. 이걸 저기다 던지면 말이지."

휘익!

말이 끝나기도 전에 기명자가 빈 술병을 던졌다. 빠르게 날아간 술병은 두터운 잎사귀를 뚫고 한 수풀 속으로 쏙 들어갔다. 그런데 웬걸? 퍽! 하는 소리와 함께,

"커헉!"

하고 비명 소리가 들리는 게 아닌가? 비명 소리를 들은 기명자는 득의만만한 얼굴로 이렇게 말하는 것이었다.

"반대편에서 자네를 잡으려는 자들이 튀어나올 걸세."

바사사사삭!

기명자의 말이 끝나기 무섭게 수풀에서 일련의 사내들이 튀어나왔다.

이히히히힝!

놀란 취명이 앞발을 들며 멈춰 섰다. 정확히 기명자가 술병을 던진 수풀을 제외한, 앞뒤와 옆 모든 곳에서 사내들이 튀어나와 수레를 포위한 것이다. 삼십 명 정도 될까? 각자 손에 무기를 든 사내들이 무서운 얼굴로 모용천을 노려보고 있었다.

"어때?"

험악한 포위망 속에서도 뭐가 좋은지, 기명자가 웃으며 물었다. 모용천은 피식, 헛웃음을 지었다.

"싱거우시기는."

말이 끝나기 무섭게 바람이 일었다. 덮고 있던 모포가 바닥에 내려앉기도 전에, 모용천의 신형이 한 사내를 덮쳤다. 단번에 사내의 머리 위를 점한 모용천은 손날을 세웠다.

탁!

가벼운 소리와 함께 사내의 신형이 앞으로 고꾸라졌다. 비명도 지르지 못하고, 일격에 실신한 것이다.

"저, 저런!"

"쳐라! 죽여라!"

포위망을 형성하고 있던 삼십여 명 중 모용천의 동작을 제대로 파악한 이는 한 사람도 없었다. 범인이 상상할 수 있는 영역을 훌쩍 뛰어넘은 모용천의 신법이, 수적 우위만 믿고 달려든 사내들의 지휘체계를 단숨에 헝클어놓았다.
　획! 획!
　막무가내로 달려드는 사내들 틈을 모용천은 바람처럼 헤집고 다녔다.
　사내들의 무기는 장검과 박도 등 일반적인 무기부터 봉 끝에 가시투성이 머리를 단 질려골타(蒺藜骨朶)같이 전장에서나 볼 수 있는 무기를 비롯해 이야기책 속의 저팔계가 튀어나온 듯 쇠고랑까지, 아주 각양각색이며 흉험하기 짝이 없었다. 그러나 모용천은 마구잡이로 휘둘러지는 쇠붙이 사이를 거침없이 드나들며 손날 하나로 사내들을 쓰러뜨리고 있었다.
　순식간에 절반이 줄어들자, 통솔자로 보이는 털북숭이사내가 기명자를 가리키며 소리쳤다.
　"저 늙은이를 잡아라! 놈을 멋대로 날뛰게 내버려 두지 마라!"
　그러면서 그 자신이 모용천에게서 등을 돌려 기명자에게 달려가는 게 아닌가? 날이 거의 원을 이룰 만큼 휘어진 기묘한 칼을 휘두르며 달려가는 사내의 뒤를 남은 이들이 우르르 따랐다. 이렇게 되니 썰물 빠지듯, 모용천의 주변에는 두 발로 선 자가 아무도 남지 않은 것이다.
　사내들이 태도를 돌변해 자신을 향해 달려들자 기명자는 어이없어하며 모용천을 바라봤다. 그러나 모용천은 기가 차기도 하고, 어쩐지 도와줄 마음이 일지 않아 시선을 피했다. 본래 도울 필요가 없는 사람인데, 귀찮다고 자신에게 맡기려는 행태가 얄밉기도 했다.

"남에게 떠넘기다니 원!"

탄식과 함께 기명자의 손이 순간 수십여 개로 늘어났다. 늘어난 손들은 마치 꽃잎처럼 기명자를 중심으로 원을 그리며 피어, 마찬가지로 그를 둘러싼 사내들을 일시에 가격했다.

퍼퍼퍼퍼퍽!

경쾌한 타격음과 함께 십여 명 사내가 벌러덩 자빠졌다. 손이 사라진 대신 사내들이 잎이 되어 꽃을 피운 것이다. 하늘을 보고 누운 사내들은 하나같이 코가 부러지고 피가 터져, 붉은 꽃이었다.

'대단한 솜씨다!'

기명자가 상당한 수준의 고수임은 짐작하고 있었으나, 막상 제대로 무공을 펼치는 모습은 본 적이 없었다. 기껏해야 모용천과 술병을 두고 벌인 금나수법의 대결이 전부랄까? 한데 지금 기명자가 보여준 수법은, 모용천으로서도 따라 하기 힘들 정도였다.

짝짝짝!

모용천은 절로 박수를 치며 수레로 다가갔다. 기명자의 수십여 주먹에 그만큼 탄복한 것이다. 그러나 기명자는 마뜩찮은 얼굴로 고개를 흔들었다.

"시정잡배도 할 수 있는 주먹질인데 박수는 무슨? 그만두게."

기명자의 말대로 박수를 그치고 모용천은 다시 수레 위에 올라탔다.

"왜 저런 자들을 보냈을까요?"

누가 보냈는지, 이제는 말이 필요없다. 모용천을 해하기 위해 저런 자들을 사서 쓸 만한 자는 종리창, 종리세가의 가주 밖에 기억나지 않는다.

한차례 바람이 지나갔지만 취명은 여전히 느긋했다. 느릿느릿 굴러가는 바퀴 위에서 기명자가 말했다.

"저건 그냥 고용된 떠돌이 무사들이지. 한눈에 봐도 무공이나 배운 것에 공통점이 없지 않은가."

기명자의 말대로 지금 모용천을 습격한 자들은 공통점이라고는 하나도 보이지 않아, 적어도 특정 문파에서 파견된 자들이라고는 볼 수 없었다. 공통점이 있다면 한없이 밑으로 수렴하는 무공뿐이랄까.

"이 시점에서 저런 놈들로 습격하게 한 건 두 가지 뜻이겠군. 하나는 종리세가가 이미 자네의 움직임을 파악하고 있다는 걸 알리는 것일 테고, 다른 하나는 그네들의 본거지가 아닌 호북성에서도 이만큼의 영향력을 가지고 있다는 과시용일 테지."

 기명자는 얼굴을 찡그리며 말을 이었다.

 "아무래도 본 전력은 끝까지 아껴두고, 그전에 최대한 자네 힘을 빼고 싶지 않겠나? 지금이야 간헐적으로 이런 것들이나 보내겠다만, 강소성에 가까워질수록 아주 그물을 쳐놓고 있겠지. 피해 가면 그만이겠지만……."

 기명자는 잠시 말을 멈췄다. 모용천은 무슨 말을 할지 안다는 듯 고개를 끄덕였다. 기명자가 말을 이었다.

 "…들어갈 수밖에 없겠지?"

 "예."

 모용천은 짧게 대답했다.

 종리세가가 유 총관과 아버지를 납치한 목적이 모용천을 순순히 끌어들이기 위함이라면, 그들이 원하는 대로 해줘야지 않겠는가? 그렇지 않으면 굳이 납치해 가서 살려두고 있을 이유가 없다.

 즉, 유 총관과 아버지를 살려두기 위해서라도 모용천은 기꺼이 종리세가의 안배 속으로 들어가야 하는 것이다.

 모용천의 대답을 들은 기명자는 고개를 들어 하늘을 보았다. 그 옆얼굴이 놀랍게도, 평소의 기명자에게서 찾아볼 수 없이 청수했다. 탈속한 신선이라도 보는 것 같아, 모용천은 자기도 모르게 눈을 비볐다.

기명자는 아예 고삐를 놓아 수레를 취명에게 맡기고 하늘을 보며 말하기 시작했다.

"내가 이 땅에 나서 받은 천명(天命)이 하나요, 사명(私命)이 하나라네. 죽기 전에 해야 할 일이 두 가지란 뜻이지."

딱히 대답을 바라는 말이 아니다. 모용천은 입을 다물고 기명자의 다음 말을 기다렸다.

"하늘로부터 받은 내 명은 역학자의 생. 세인들에게 하늘의 뜻을 전하고 바른 길로 인도하는 것이라네. 이는 딱 부러지게 했네, 안 했네를 가릴 수 없으니 그저 눈감는 날까지 계속해야 할 따름이지."

기명자는 고개를 돌려 모용천을 바라봤다. 항상 반쯤 술에 취해 풀려 있던 눈이 놀랍게도 형형히 빛나고 있었다.

"다른 하나, 나 개인이 사사로이 이루어야 할 명은 바로 사문에 관한 것이라네."

"기 선배의 사문 말입니까?"

"그래. 일인전승(一人傳承) 비인부전(非人不傳)을 원칙으로 하는 이름도 없는 사문일세. 심법이나 외공에도 이름을 붙이지 않는 참으로 근본없는 문파지!"

기명자가 자신의 무공에 대해 이야기하는 것은 모용천도 처음 듣는 일이었다. 더구나 바로 직전에 고급 무리가 담긴 한 수를 선보인 터라, 관심이 갈 수밖에 없었다.

모용천은 귀를 쫑긋 세웠다.

"이런 근본없는 문파라 해도 어쨌든 사문이니 미우나 고우나 내 대에 실전(失傳)되는 일은 없어야 하지 않겠나? 한데 이게 또 참 쉽지 않아. 일인전승을 원칙으로 하는 만큼 한 번 제자를 들일 때 제대로 된 놈을 들이어야 하는데 어디 그런 놈이 쉽게 찾아지겠나?"

그 말을 듣자 모용천은 문득 짚이는 바가 있었다. 처음 기명자를 만났을 때, 그가 했던 말이 떠오르는 것이었다.

"뜻하지 않게 일이 풀릴 수도 있겠군."

야우당에서 처음 모용천과 금나수법을 겨루던 도중 기명자가 꺼낸 말이다. 그 말을 떠올리며 모용천이 물었다.

"혹시 저를 처음 보셨을 때, 했던 말씀이 그것이었습니까?"

기명자도 기억하는 듯, 고개를 끄덕였다.

"내 점에 따르면 아직 전인을 찾을 때가 아니었는데 자네를 봐서 놀랐었지. 나이가 많은 게 걸리긴 했어도, 그런 무재(武才)는 생전 본 일이 없었거든."

"그러면 그때 제자로 삼으시지 그랬습니까?"

"한 번 봤으면 그럴 뻔했는데, 두 번 보니 그게 아니었던 게지."

"다시 보니 아니었습니까?"

오래전에 잊었던 의문이 생각지도 않게 풀렸다. 모용천은 싱겁게 웃으며 농을 던졌다.

"그래. 다시 보니 내 눈이 삐었구나 싶었지 뭔가."

"그렇게 형편없었습니까?"

"허튼소리 말게. 이래 봬도 내게는 중요한 일일세."

모용천의 말을 일축하고, 기명자가 엄숙히 대답했다.

"처음 봤을 때, 나는 자네를 용(龍)으로 봤었지. 그런데 다시 보니 용이 아니라 하늘[天]이지 뭔가? 수십 마리 용을 품을 수 있는 하늘 말일세."

기명자가 평소와 같았다면 모용천도 농담으로 넘겨들었거나 질색했을 것이다. 그러나 지금 기명자는 일찍이 본 적이 없는 진지한 표정을 하고 있어 거기에 대고 모용천이 감히 뭐라 할 수가 없었다.

"우리 문중의 무공은 기껏해야 용이나 한 마리 담을 수 있을까? 그런 그릇이 하늘을 품겠다니 언감생심도 유분수지."

기명자의 말인즉슨 용이라야 사문에 어울리는 인재라는 뜻인데, 모용천을 하늘에 비유하는 말이 이어지니 조금도 광오하다고 느껴지지 않았다. 이러니 견디지 못하고 모용천이 끼어들었다. 기명자가 또 무슨 식으로 자신의 얼굴에 금칠을 할지 몰라서였다.

"말씀이 과하십니다. 제가 뭐 그리 대단하다고 그러십니까?"

"이제 질리도록 알게 될 게야. 뭐, 그게 꼭 좋은 거라고는 할 수 없지만. 아니지, 벌써 알고 있잖아? 자네가 지금껏 해온 일을 생각해 보라고."

어느새 기명자는 평소의 그로 돌아와 있었다. 장난기 섞인 얼굴로 모용천을 부추기는 모습에 비로소 모용천은 내심 안도의 한숨을 쉬었다.

이야기가 잠시 끊긴 순간 취명도 걸음을 멈췄다. 하나로 이어졌던 길이 두 갈래로 갈라져, 어디로 가야 할지 몰랐던 것이다.

한쪽은 북경을 지나 산서로.

다른 한쪽은 천진을 지나 산동으로.

좁고 외진 길이었지만, 그로부터 뻗어나간 경로는 그토록 멀고 다르다. 모용천은 잠시 갈림길을 보고, 기명자와 취명을 보았다. 길지 않은 동안이지만 그들이 있어 몸과 마음을 추스를 수 있었다. 덕분에 강호에 나와 누군가에게 의지하였던 기억도 가질 수 있었다.

물론 남궁미인에 대한 죄의식은 결코 씻을 수 없는 것이고, 언제까지나 짊어져야 할 일이었지만 그 때문에 지금 닥친 일을 회피할 수야 없는 노릇이다. 그것은 또한 남궁미인이 바라던 바도 아니었으리라.

남궁미인이 모용천과 밤을 보내기 전, 이미 남궁익을 만났다는 사실을 기명자에게 듣지 못했다면 그녀가 진정 바라던 바가 무엇이었는지 영영 모르는 채 살아갔을 것이다. 지금처럼 웃을 수 있는 일말의 여유도 평생 가지지 못했을 것이다.

"고마웠습니다."

모용천이 할 수 있는 것은 고맙다는 말뿐이었다. 하지만 그것으로 족한 듯, 기명자는 기꺼워하며 말했다.

"우리가 또 만날 수 있을지 모르겠군. 하지만 너무 아쉬워하지 말게. 인연의 끈은 운명을 타고 내려가는 법이니, 다른 모습으로 만나도 우리일 게야."

이럴 때면 제법 역학자다운 태가 난다. 똑같이 알아듣기 힘든 말이라도 사기꾼의 그것과는 다른 현기가 서려 있으니 말이다.

짐을 챙겨 수레에서 내리는 모용천에게 기명자가 마지막으로 한마디를 건넸다.

"이제부터는 서둘러야 할 게야. 나도 잊고 있었는데, 그때 자네가 뽑았던 괘 기억하나? 태괘 말일세."

"…예."

영문을 몰라, 모용천은 기억나는 대로 대답했다. 간양에서 만난 선복자라는 점쟁이에게 점을 쳤던 기억이 난다. 그때 뽑았던 괘가 태괘라는 것도 기억이 난다.

"태괘는 대개 좋은 쪽으로 해석하지만 간혹 달리 봐야 할 때가 있어. 본래 땅 위에 있어야 할 하늘이 땅 아래 있는 형상을 떠올려 보게. 이게 무엇을 뜻하는지 말일세."

"……?"

"모르겠나? 하나 더 가르쳐 주지. 그때도 이야기했던 것 같은데, 하늘이 상징하는 것 중에 부친이 있다고 말이야."

"……!"

하늘과 땅의 역전, 땅 밑으로 들어간 아버지.

그제야 모용천은 기명자의 말을 이해할 수 있었다. 말 그대로, 아버지의 안위가 위태롭다는 뜻이 아닌가.

모용천은 새삼 포권의 예를 취했다. 기명자가 자신에게 베풀어준 은혜는 무엇으로도 갚기 힘든 것이었다.

"기 선배의 가르침, 모용 모는 평생 잊지 않겠습니다."

"에끼! 낯간지럽게 뭐 하는 짓이야? 관두게, 관뒤!"

기명자는 큰소리를 치면서 손을 휘휘 저었다. 포권을 한 채 고개를 깊이 숙여 보인 모용천은, 취명에게도 잊지 않고 작별 인사를 했다.

"꼭 다시 만나자. 그때까지 건강해라."

취명은 웬일인지 울지 않고, 그저 앞발로 땅을 파며 식식거리기만 했다. 그게 알았다는 뜻인지 무슨 뜻인지, 평소와 달라 명확히 알 수가 없었다.

"그럼 이만 가보겠습니다."

어쨌든 취명의 의중을 파악할 때까지 기다릴 수야 없었다. 모용천은 다시 기명자에게 고개를 숙이고, 몸을 돌려 달려나갔다.

휘익!

활 소리가 들리는 착각이 일 만치 빠른 경공술이었다. 모용천의 신형은 어느새 점이 되어 저 멀리 사라졌다.

기명자는 한참 그 모습을 바라보다, 점조차 사라지자 주섬주섬 고삐를 쥐며 중얼거렸다.

"그렇게 얘기했건만 자기 걱정 할 줄은 모르다니… 쯧쯧."

이히히히힝!

취명이 목을 길게 빼고 울었다. 원망으로 가득한 울음소리가 하늘 높이 울려 퍼졌다.

쉬잇!

먹이를 앞에 둔 뱀 같은 소리를 내며 다절편이 날아들었다. 봉과 봉 사이를 연결한 쇠사슬이 내는 소리만큼이나, 예측하기 힘든 궤도가 딱 뱀과 같았다.

휘익!

그러나 다절편은 목표를 잃고 허공을 때렸다. 그와 동시에 다절편이 날아오며 그렸던 기묘한 궤적을 그대로 거슬러 돌아가는 그림자가 있었다.

퍽!

둔탁한 소리와 함께 다절편 끝에 있는 자, 뱀을 부리던 사내의 턱이 하늘 높이 올라갔다. 그와 동시에 주인을 잃고 허공에 뜬 뱀의 꼬리가 굳은살 가득한 손에 들어갔다. 제 주인의 턱을 부숴 버린 그 손이다.

"어어?"

둘러싼 사내들이 의미 모를 탄성을 질렀다.

살기와 경이가 교차하는 한가운데에서 뱀의 꼬리를 쥔 손. 그 주인 된 자가 가볍게 어깨를 돌렸다. 그러자 그를 중심으로 다절편이 거대한 원을 그렸다.

파파파파팍!

"으억!"

"크악!"

원을 그린 다절편은 정확히 한 바퀴 만에 여섯 사람을 가격했다. 머리, 턱, 손등, 옆구리 등 부위는 제각각이었지만 모두 자리에 쓰러진 것만은 하나였다.

"이놈이!"

크게 소리치며 거구의 사내가 달려들었다. 바위 같은 근육을 담을 길 없어 헐벗은 상체에는 털이 가득했다.

"우라라라랏!"

기합을 지르며 사내가 깍지 낀 두 손을 내려쳤다. 그 아래 있는 자, 다절편을 든 모용천의 손도 빠르게 움직였다.

좌라락!

모용천의 손을 따라 몸을 비튼 다절편이 사내의 손목을 휘감았다. 사내의 손이 방향을 틀어 모용천의 옆에 있던 바위를 내려쳤다.

콰앙!

굉음을 내며 바위의 일부가 부서졌다. 놀라운 힘이었지만, 맞추질 못하면 쓸데없을 뿐이다. 모용천은 바위를 부수고 빠져나오지 못한 사내의 팔꿈치 위에 한 발을 딛고 올라섰다.

콰직!

가볍게 밟은 모용천의 발이 사내의 팔을 불가능한 방향으로 꺾었다. 아픔이 컸는지 놀라서인지 사내는 비명도 지르지 못하고 그 자리에서 혼절했다.

"이익!"

다절편을 버리고 땅에 내려선 모용천의 등 뒤로 바람이 불었다. 이 악문 소리와 함께 십여 자루 단검이 날아오고 있었다.

휘익!

모용천은 소매를 휘둘렀다. 그러자 관통할 기세로 날아오던 단검들이, 소매에 휘말려 사방으로 흩어지는 것이 아닌가?

그러나 단검을 던진 중년인은 그대로 거꾸러졌다. 눈 깜짝할 새 다가온 모용천은 그에게 놀랄 틈도 주지 않았던 것이다.

"……."

단검을 쓰는 중년인이 쓰러지자 더 이상 덤벼들 적이 없었다. 모용천의 주변에는 모두 아홉 명의 사내가 쓰러져 있었는데, 이들을 상대한 시간이라 해봤자 차 한 잔 채 마시지 못할 만큼 짧았다.

이는 모용천이 강하다기보다 이들이 너무 약한 탓이었다. 지금 모용천의 주위에 쓰러진 자들은 기껏해야 삼류무공으로 먹고사는 삼류문파에 불과했으니까 말이다. 사실 생각해 보면 모용천 정도의 거물을 상대할 이유가 전혀 없는 자들인 것이다.

"끄으……!"

아홉 명 가운데 여덟 명이 기절한 가운데, 딱히 눈에 띄지 않았던 한 젊은이가 옆구리를 짚으며 몹시 고통스러워하고 있었다. 다절편 끝이 비교적 얕게 들어간 탓이었다.

땅에 쓰러진 젊은이는 이제 모용천 또래나 될까, 아직 어린 티가 역력했다. 그에게 모용천이 물었다.

"대체 얼마를 받은 거요?"

정파 무림맹의 최일선에서 무위를 자랑해 온 모용천이다. 이들과 같은 하오문 잡배에게 당할 리 없다. 아니, 저런 이들이 언감생심 덤벼들 입장도 아니다.

어디까지나 종리세가의 입김이 불었기에 가능했을 일이다. 어차피 저들도 모용천을 어떻게 해볼 수 있다고는 생각하지 않았을 터.

"모, 모른다… 크윽!"

나름의 자존심을 지키려는지 젊은이는 입을 다물었다. 어차피 크게 관심 가는 이야기도 아니다. 모용천은 두 번 묻지 않고 등을 돌렸다.

높아만 가던 하늘이 어느새 빛바랜 구름을 안기 시작한 때, 모용천은 산동 땅에 들어섰다.

산동 땅은 예부터 빼어난 고수들을 배출해 낸 무의 고장으로 자부심이 높았다. 그중에서 가장 큰 영향력을 행사하는 곳은 역시나 오대세가 중 하나인 명문, 제갈세가였다. 임청(臨淸)을 본거지로 하여 고고히 검을 수련하는 청검장(淸劍莊)도 중원에 널리 알려진 산동의 명가 중 하나였지만, 어디까지나 산동 무림은 제갈세가가 군림하는 세계였다.

그런 산동 땅에서도 종리세가의 입김을 받아 모용천을 습격하는 자들은 끊이지 않았다. 명색이 오대세가라는 제갈세가가 도무지 외부에 신경 쓸 형편이 아니었던 것이다. 마왕 한 사람에게 세가의 전력이랄 수 있는 백 명의 고수를 잃고, 가주인 제갈창운 홀로 도주하여 세가로 돌아온 것이 불과 두

달 전의 일이다. 이미 제갈세가는 가진 힘의 칠 할 이상을 잃은 터. 그러니 종리세가가 산동 무림을 제 마음대로 움직이려 해도 수수방관할 수밖에 없는 처지였다.

그러나 종리세가가 산동 땅에서 굳이 모용천을 어찌해 보겠다는 심산은 아니었다. 모용천의 행로가 종리세가였으니 그럴 필요도 없었다. 다만 원하는 것은 지속적이면서도 예측할 수 없는 간격으로 모용천을 흔들어놓는 것. 산동 무림을 움직여 얻고자 하는 것은 딱 그만큼이었다.

* * *

산동성을 종단하는 관도, 특히 성도인 제남(齊南)을 지나쳐 내려가는 길은 항상 오가는 이들로 붐비는 구간이다. 그러나 어째서인지 오늘은 개미새끼 한 마리도 보이지 않았는데, 마침 멀리서 빠른 걸음으로 걸어오는 그림자가 있었다.

봉두난발에 헤어진 신발, 넝마인지 옷인지 모를 물건을 걸친 거지였다. 나이는 이제 삼십대 초반? 땟국물이 덕지덕지 흐르는 가운데에도 총기 서린 눈매가 인상적인 젊은 거지는, 놀랍게도 빠른 속도로 걷고 있었다.

대개 거지라고 하면 항상 여유로워 느릿느릿, 뭘 하나 해도 느긋한 모습을 떠올리곤 하는데 이 젊은 거지의 경우에는 해당

사항이 전혀 없었다. 손에 든 죽장을 땅에 한 번 찍으면, 두 다리가 허공을 걸어 단숨에 한 장을 넘고 두 장을 건너는 것이다.

일반 백성의 눈에는 신통한 재주로, 무림인의 눈에는 놀라운 수법으로 비칠 경공을 구사하며 달리는 자. 바로 개방의 이소였다.

아니, 이제 그의 이름 앞에 개방 방주라는 네 글자가 붙어야 할 것이다. 원 방주인 항와개 곡원충이 지난날 마왕의 손에 목숨을 잃은 뒤, 자연스럽게 후개인 이소가 방주로 선출된 것이다.

아마도 역대 최연소 방주일 이소는, 개방의 전통에 따라 이름 대신 벽수개(劈穗丐)라는 별호로 통하게 될 테지만 이는 아직 훗날의 이야기였다. 뜻하지 않은 항와개의 죽음으로 수백만 거지의 우두머리가 된 이소지만, 아직은 방을 우선시해야 하는 방주의 마음가짐을 완전히 갖추지 못했으니⋯⋯. 지금 그가 개방 방주로서 지켜야 할 거지의 품위를 저버리고 경공을 펼치는 것이 그 증거라 하겠다.

얼마나 뛰었을까? 쉬지 않고 뛰던 이소가 드디어 걸음을 멈췄다. 지쳐서가 아니라 그의 주의를 끄는 무언가가 나타났기 때문이었다.

붉은 두건을 두른 사내가 수십 명, 약속이나 한 듯 고통스러워하며 길바닥에 널브러져 있었다. 그러는 자들 중에도 두 발로 선 자가 한 사람 있었는데, 이들과는 달리 붉은 두건을 하지도, 어디 한군데 다친 기미도 보이지 않았다.

서 있는 자는 이십대 청년으로, 당당한 체구에 등에는 커다란 칼 한 자루를 메고 있었다. 하북팽가의 장자, 팽가력이었다.

눈이 마주치자, 어쨌든 연배가 아래인 팽가력이 먼저 포권의 예를 취했다.

"격조했습니다. 잘 지내셨습니까?"

"팽 공자도 잘 지냈소? 그나저나 생각지도 못한 곳에서 만났구려."

이소는 그리 말하고 주위를 둘러봤다. 붉은 두건을 맨 사내들이 하나둘, 정신을 차리며 몸을 가누고 있었다.

"공자의 작품이오?"

팽가력은 고개를 저었다.

"아닙니다. 저도 금방 왔는데 이 모양이더군요."

팽가력의 부인하는 말에 이소는 마음을 놓았다. 순간 자신이 제대로 쫓아가고 있기나 한 건지 걱정이 일었던 탓이다.

"그러고 보니 공자와 나는 같은 이유로 움직였기에 이 산동 땅에서 만났다는 생각이 드는구려. 어쩨, 내가 생각하는 이유가 맞소?"

팽가력은 대답 대신 고개를 끄덕였다. 산동성에 아무런 연고도 없는 두 사람이 만났다면 원인은 하나밖에 생각할 수 없다. 바로 둘 다 같은 사람을 쫓아온 것이다.

"방주께서도 모용 형을 쫓아오신 겁니까?"

그렇게 말하는 팽가력의 목소리에 경계하는 빛이 역력했다. 자신은 어디까지나 고립무원, 홀로 거대한 종리세가와 싸워야 한다는 소식을 듣고 가만히 있을 수 없어 달려왔지만 이소의 경우는 어떤지 알 길이 없었다. 더군다나 이소는 무림맹에 적극적으로 협조했던 인물이니, 자신과 다른 뜻을 품고 모용천을 쫓는지 모를 일이었다.

이소는 슬며시 웃으며 고개를 저었다.

"그렇게 경계하지 마시오. 아마 모용 공자와의 친분이라면 내 쪽이 더 깊을 테니 말이오."

"……."

팽가력은 경계를 쉬이 거두지 않는 눈치였다. 이소는 그런 팽가력을 모른 체하며 시선을 돌렸다. 그의 옆에 누워 있던 사내가 정신을 차렸는지 몸을 꿈틀거리고 있었다. 이소는 타구봉으로 사내를 쿡쿡 찌르며 물었다.

"이봐, 이봐! 자네들 대체 뭘 하다 이렇게 됐나?"

"아악!"

어디를 잘못 건드렸는지 사내는 비명을 지르며 몸을 틀었다. 이소가 난감해하자 비로소 팽가력이 입을 열었다.

"제가 벌써 물어봤습니다. 모용 형에게 당했다고 하더군요. 물론 이자들이 먼저 덤벼든 것일 테고 말입니다."

"역시… 상태를 보니 얼마 안 된 것 같은데?"

"한 시진도 채 안 됐다고 합니다. 다들 정신이 없어서 제대로 알고 하는 말인지는 모르겠지만 어쨌든 적어도 반나절 거리 안쪽으로 따라잡은 건 확실합니다."

"보아하니 이들은……."

팽가력은 다시 발밑에서 괴로워하는 사내를 타구봉 끝으로 찔렀다.

"이봐, 자네들 정체가 뭔가? 어디서 온 작자들이야?"

"으윽! 우, 우리는… 적건방(赤巾幫)의… 아이고!"

사내는 말을 하다 말고 신음 소리를 냈다. 겉으로 보아 그리 큰 상처는 없어 보이는데, 골병이 든 것일까? 어느 쪽이든 이소는 사내에게서 더 이상 관심을 두지 않았다. 대신 이소는 길게 탄식하며 종리창을 나무라기 시작했다.

"적건방! 적건방이라니! 이자들은 같은 무림 동도로 받아들이기도 어려운 자들이 아니오!"

옛 황건을 본따 붉은 두건으로 아군의 표식을 삼은 적건방은 산동 무림에서도 인정받지 못하는 방이었다. 그것은 그네들이 이름만 그럴듯할 뿐, 힘없는 백성을 등쳐먹고 강자에게 허리를 굽힐 줄 아는 그야말로 시정잡배에 불과하기 때문이었다.

"이런 자들까지 끌어들이다니… 산동 무림을 바닥까지 싹 다 긁어모을 속셈인가?"

믿을 수 없다는 듯 이소가 중얼거렸다.

천하제일이라는 말답게 개방의 정보력은, 이미 모용천이 산동성 안에서 어떤 자들과 얼마나 많은 싸움을 치렀는지 적 건당의 직전 상황까지 파악하고 있었다. 물론 개방은 수용하는 정보의 양이 타의 추종을 불허하기에 그중에서도 유의미한 부분을 찾아 가치있는 것으로 만들기 어려운 것도 사실이었다.

그러나 지금처럼 이미 벌어진 명확한 사실이라는 단서가 주어졌을 때에는 그 어느 문파나 기관도 개방을 능가할 수 없다.

"산동성을 아래위로 삼분지 일 주파하는 동안 모용 공자는 총 스물두 번의 습격을 당했소. 하루 평균 세 번 꼴로 싸웠다는 소리지."

팽가력은 이소보다 앞서 도착했을 뿐, 이러한 사실을 알 리 없었다. 이소의 입에서 숫자가 나오자, 종리세가의 악랄한 심계가 좀 더 명확해진 것이다.

"모용 형이라도 그런 건 견딜 수 없을 겁니다."

아무리 한 끼 식사보다 못 한 싸움일지라도 하루 평균 세 번, 며칠 동안 이어진다면 지칠 수밖에 없다. 팽가력의 낯빛이 삽시간에 어두워졌다.

신위(神威)라는 말이 어울리는 모용천의 무공을 바로 곁에서 지켜봐 왔기에, 이소는 그나마 팽가력보다 걱정이 덜했다. 그래도 앞일을 생각하면 걱정되기는 마찬가지였지만.

이소는 타구봉을 들어 제 어깨를 두드리며 말했다.

"어쨌든 가까운 곳에 있다는 건 틀림없군."

"예."

짧게 대답하고, 팽가력이 물었다.

"이 방주께서는 왜 모용 형을 쫓는 겁니까? 그것부터 확실히 해야겠습니다."

말하는 팽가력의 눈은 여전히 경계심으로 빛나고 있었다.

모용천이 어떤 자이든 팽가력에게는 생명의 은인이다. 하물며 그는 하북팽가의 작은 주인을 구하고도 작은 대가조차 원하지 않았다. 그렇다고 생색을 내거나 공을 드러내지도 않았으니, 팽가력은 모요천의 사람 됨됨이가 결코 세간이 이야기하는 그런 것이 아니라고 믿고 있었다.

지금처럼 모용천이 곤란한 지경에 빠져 있을 때야말로 은혜를 갚을 기회다. 그렇게 생각한 팽가력은 아무 말도 없이 세가를 나와 모용천을 쫓아 산동까지 온 것이다.

이소가 그런 사정까지 알 수야 없었지만 팽가력의 빛나는 눈은 말보다 더 많은 것을 전해주고 있었다. 이소는 두 눈을 감고 타구봉으로 제 머리를 두드리며 말했다.

"왜 쫓느냐… 글쎄, 그 이유는 사실 아직도 잘 모르겠소."

"그게 무슨 말씀입니까?"

대답 대신, 이소는 눈을 감은 채 마지막으로 모용천을 본 날을 떠올렸다.

빙왕의 지지라는 커다란 선물을 가지고 무한으로 돌아온 날. 모용천이라는 이름 석 자가 찬란하게 빛나던, 아니, 빛나기 시작한 날이다.

약 일 년 가까이, 이소는 그런 모용천을 가장 가까운 거리에서 지켜봐 왔다. 처음에는 권왕의 명으로 어쩔 수 없이 따라다녔던 이소지만, 어느새 모용천에게서 눈을 떼지 못하는 자신을 발견하게 되었다.

생명의 가치는 경중을 가릴 수 없지만, 간혹 전혀 다른 운명을 타고나는 자가 있다. 주변인들의 명을 끌어당기도록 태어난 자. 제왕의 상이니 뭐니, 굳이 거창한 이름을 붙이지 않아도 그러한 운명을 가진 자는 반드시 제 역할을 하게 되어 있다.

이소에게 있어 모용천은 그런 운명을 타고난 자였다. 그리고 어느 순간, 시간의 힘을 빌리지 않고 십왕의 시대를 무너뜨릴 자가 있다면 그가 바로 모용천일 거라 믿게 되었다.

이소의 믿음은 과한 것이 아니었다. 실제로 모용천이 걸어온 길은 그대로 역사가 되고, 훗날 전설로 남을 만한 것들뿐이었으니까.

그러나 모용천은 그가 비로소 강한 빛을 내려는 순간, 원하는 것을 손에 넣으려 할 때 모든 것을 잃었다(혹은 버렸다). 만일 그날 좀 더 적극적으로 만류했더라면. 무슨 써서든 남궁미인에 대한 마음을 접도록 만들었다면. 무림맹 본영까지 다른 길을 통해서 갔다면… 후회는 꼬리에 꼬리를 물고 이소의 머릿속을 가득 채웠다.

굳이 말하자면 그것이야말로 모용천을 찾는 이유랄 수 있었다. 미련과 후회로 가득 찬 머릿속을 비우는 길은 원인을 찾아 없애는 방법뿐이니까.

이소는 생각을 정리하고 눈을 떴다. 그리고 팽가력에게 말했다.

"이유를 대라면 힘들겠지만, 그를 찾아서 할 일은 확실하오. 종리세가와의 충돌을 막고, 그를 원래 있던 자리로 되돌리는 일이오."

"원래 있던 자리라는 게 무슨 말씀인지 모르겠군요."

"정도 무림의 후기지수를 대표하던 자리. 무림맹의 선봉에 서서 제마성에 대항해 나가던 자리 말이오."

이소가 비록 팽가력에게 했으나 스스로 들으라고 하는 말이나 마찬가지였다. 지금 모용천이 저지른 일들을 감안하면 이소의 말이 실현되기란 불가능에 가까웠다. 그러나 지금의 이소는, 개방 방주라는 신분은 일단 불가능한 일에 도전할 만한 능력을 가지고 있는 것이다.

"그러는 팽 공자는 왜 쫓는 것이오?"

"그는 내 목숨을 구해주었으니, 사람이라면 당연히 은혜를 갚아야죠."

"은혜를 어떤 식으로 갚을지는 생각해 보셨소?"

"그건 모용 형이 정해야겠지. 그가 싸움을 원한다면 그를 도울 것이고, 다른 것을 원하면 최선을 다해 그를 도울 것이오. 그러면 되겠지."

이소와 달리 팽가력의 말은 시원시원했고, 일말의 흔들림도 없었다. 일의 시비를 떠나서 팽가력은 일단 자신이 진 빚을 갚겠다는 것이었다. 자신에 비하면 차라리 담백한 이유라, 이소는 한바탕 웃으며 말했다.

"하하핫! 좋소, 좋아. 과연, 오대세가의 후예 중 가장 낫다는 말, 정파의 후기지수 중 단연 첫째라는 말이 허튼소리가 아니었구려."

이소는 곧 웃음을 그치고 말했다.

"하지만 종리세가와 싸우는 것은 불가하오. 그건 그를 돕는 일이 아니오. 게다가 팽 공자는 같은 오대세가의 사람인데 그와 싸우는 측에 서겠다니 안 될 일이지. 암! 안 되고말고."

"안 될 건 없습니다. 본래 우리와 종리세가의 친분이 그리 깊은 것도 아닙니다. 설령 그렇다 한들 생명을 구해준 것에 비할 수야 없지요."

팽가력이 단언했다. 이소는 고개를 끄덕이며 대답했다.

"어쨌든 할 일은 하나로군. 한시라도 빨리 그를 찾는 것. 싸움을 말리든 붙이든, 그다음에 생각해야겠구려."

팽가력도 그 말에는 동의한다는 듯 고개를 끄덕였다. 아무래도 한 사람보다는 두 사람이 찾는 게 나을 것이다.

"끄응……!"

그러는 와중에 주변에 쓰러져 있던 적건방의 무리들이 하나둘 깨어나기 시작했다. 그들에게 눈길을 돌린 팽가력이, 의아하다는 듯 중얼거렸다.

"그러고 보니 이들 중에는 죽은 자가 없군요."

팽가력의 말을 듣고 이소도 고개를 돌려 적건방의 무리들을 둘러봤다. 과연 팔다리가 부러지거나 코뼈가 주저앉는 등 나름 처참하게 당한 자들은 있어도 피 흘리며 죽은 자는 보이지 않았다.

죽이려 덤비는 자에게는 손속에 사정을 두지 않던 모용천이다. 이만한 수로 모용천을 상대하려 했다면 대량의 사상자가 나오는 게 불가피한 일일 텐데, 놀랍게도 죽기는커녕 칼에

베인 상처도 하나 찾아볼 수 없었던 것이다.
 "공자의 말이 맞구려."
 이소는 건성으로 팽가력에게 맞장구를 쳤고, 팽가력 또한 깊게 생각하지 않았다. 사실 명문가의 자제로 자부심 높은 팽가력에게 적건방이란 굳이 검으로 상대할 가치도 없는 자들이었다. 모용천도 그렇게 여겼을 거라고, 팽가력은 단순히 생각하고 넘어가기로 했다.
 지금 중요한 것은 모용천을 따라잡는 일이었다.

* * *

 이소와 팽가력의 추측은 대부분 맞아떨어졌다.
 끊임없이 이어지는, 그러나 애초에 승패가 결정된 싸움은 그 자체만으로 모용천에게 큰 부담으로 작용하고 있었다. 똑같은 소모전이지만 한쪽은 종리세가에게 쓸모없는 산동 무림의 군소 방파들이고 다른 한쪽은 모용천 한 사람의 심력이다. 전자의 소모가 종리세가에게 어떠한 타격도 되지 않는 반면 후자의 소모는 모용천에게 지극히 치명적인 결과를 불러올 소지가 다분했다.
 몸과 마음은 본래 떨어져 있지 아니하며, 서로가 서로에게 종속된 존재다. 마음이 먼저 지치면 몸도 따라서 두 배, 세 배로 피로해지게 마련이다. 이는 모용천이라 하여 예외가 아니었다.

하루에도 몇 차례씩 덤벼드는 자들을 상대하다 보니 자연 발걸음도 느려졌다. 원래대로라면 벌써 강소성으로 들어갔어야 하건만, 모용천은 여전히 산동 땅을 떠나지 못하고 있었다.

쏴아아아아—

공기는 눈이 와도 이상하지 않을 만치 차가웠으나 내리는 것은 물방울이었다. 날이 궂어도 모용천이 걸음을 재촉하는 것처럼, 모용천을 기다리는 자들에게도 날씨는 장애물이 아니었다.

"죽여라! 죽여!"

"억만 금짜리 목이다! 목을 베라! 목을!"

"비켜라! 저놈은 우리 거다!"

"잡아라! 저놈만 잡으면 된다!"

쏴아아아아—

내리는 빗속에서 서로 다른 고함 소리가 교차한다. 무엇이 잘못되었는지 아니면 종리세가의 안배가 본래 그리하였는지, 강소성을 눈앞에 둔 모용천을 서로 다른 세 개의 방파가 기다리고 있었던 것이다.

어떤 경우에서든 경쟁자보다 앞서는 것이 생존의 비결이다. 수십 자루 쇠붙이가 앞을 다투며 모용천의 목을 희구했다.

카앙! 캉!

교차하는 고함 소리를 따라 쇠붙이 또한 서로를 때려 공명한다. 빗소리에 먹혀 금세 사라지는 쇠 긁는 소리는, 곧 제 주인들의 운명과 함께하게 된다.

"…비켜! 다 물러나라!"

난잡한 가운데 누군가 큰 소리를 냈다. 그러자 무기들이 일제히 회수되며, 모용천의 앞으로 공간이 뻥 뚫렸다. 그 순간, 뒤에서 나타난 사내가 철봉을 하늘 높이 들어 모용천의 머리 위로 내려쳤다.

"하앗!"

물러나라고 외친 것과 같은 목소리로, 짧은 기합이 울려 퍼지다 곧 빗소리에 먹혀 사라졌다. 그러나 비의 장막을 걷고 들은 걸까? 몸 돌린 모용천이 떨어지는 철봉을 손가락으로 튕겼다.

팍!

쇠붙이끼리 부딪치는 소리는 금세 묻혔는데 어이없게도 손가락과 철봉 부딪치는 소리가 비를 뚫고 퍼지는 것이다. 더 어이없는 일은 다음 순간 일어났으니, 손가락에 튕긴 철봉이

치켜든 머리 위로 돌아간 것이었다.

무방비로 열린 가슴! 그 위에 모용천의 좌장이 올라섰다.

퍼억!

사내는 가슴에 손바닥 무늬를 안고 몇 장이나 뒤로 날아갔다. 날아가는 사내에게 눈길도 주지 않고, 모용천은 오른팔을 크게 휘둘렀다. 앞에서 뒤로, 소매가 일으킨 바람이 빗방울을 튕기며 허공에 큰 반원을 그렸다.

"크읏!"

장력도 아닌 풍압에 밀려 건장한 사내 두 명이 나가떨어졌다! 동시에 모용천은 왼손으로 검은 든 손목을 휘어잡았다.

"……!"

찌르려던 자의 커진 눈과 눈을 맞춘 모용천은, 어지럼 속에서 문득 살심(殺心)이 이는 것을 느꼈다.

돈에 팔려, 혹은 권위에 눌려 나를 죽이려는 자이다. 그런데 왜 내가 그들을 살려야 하는지?

우드득!

뼛소리를 내며 손목이 기괴하게 꺾이고, 모용천을 향하던 검극이 제 주인의 미간을 향했다. 반대로 자신을 향한 검 손잡이 끝을, 모용천은 오른손으로 강하게 쳤다.

"으아아악!"

주인의 손을 떠난 검은, 그러나 미간이 아닌 한쪽 귀를 자르고 뒤로 날아갔다. 겨우 살심을 가라앉힌 것이다.

'정신 바짝 차려야겠군.'

아무리 모용천이라도 빗속에서 수십 명을 상대해야 하는데 피곤하고 성가시지 않을 리 없다. 끊임없이 싸우며 먼 길을 온 상태라면 더 말할 것도 없을 것이다.

하나 그보다 더 성가신 것은, 모용천이 불살(不殺)을 결심했기 때문이었다.

물론 그것이 어떠한 깨달음, 숭고한 취지에서 비롯된 것은 아니었다.

모용천은 그 자신도 알지 모르겠지만 뼛속까지 뿌리 깊은 무림인이었다. 무인과 무림인의 차이는, 전자가 제 목숨을 내놓은 까닭에 남의 목숨 취하기도 쉬이 하는 것이 전장에 국한되어 있는 반면 후자는 전장이 따로 없이, 아니, 일상이 곧 전장이라는 점이었다.

무림이란 그런 곳이며 무림인이란 그런 사람이다.

타인의 목숨을 취하려 하는 자는, 마찬가지로 제 목숨도 내놓은 각오가 있을 것이다. 그렇다면 무공의 고하를 막론하고 최선을 다 하는 것이 오히려 상대에 대한 예의다.

모용천의 이런 생각은 사실 바뀌지 않았다.

다만 저어하는 것은, 남궁미인 한 사람 탓이다.

모용천은 그녀로 인해 피상적이었던, 검끝으로만 느껴졌던 죽음에 대해 다시 한 번 돌아보게 되었다. 내가 슬프고 괴로워한 것만큼, 나에게 죽은 누군가도 또 다른 누구를 아프게 할 거라는 생각이 들었던 것이다.

스스로 목숨을 내놓은 자를 애도할 필요는 없으나, 그로 인해 아플 사람이 있으리라는 것에 생각이 미친 것이다.

휘리릭!

비에 젖은 소매가 또 한 사내의 팔을 휘감았다. 모용천의 팔이 작은 원을 그리고, 휘감긴 사내가 따라서 큰 원을 그리며 한 바퀴 돌아 땅에 처박혔다.

쿠웅!

빗물이 튀며 거대한 물웅덩이가 형성되고, 시야를 가릴 만큼 내리는 바람에 땅이 미처 마시지 못한 빗물이 일제히 사내의 등 밑으로 몰려들었다.

쏴아아아아—

빗줄기가 거세졌다.

이름난 문파들처럼 구성원이 많은 것은 아니지만, 그래도 세 개 방파가 한데 모였으니 수가 만만치 않았다.

'검 한 자루만 있었더라면……!'

이러다 보니 불살의 결심이 무색하게도 검이 아쉬웠다.

물론 모용천은 이미 일정 경지에 올라 지난날 처음 써본

채찍으로 현죽림의 정문을 놀라게 한 것처럼 주먹이나 손바닥으로도 막힘없이 무리(武理)를 풀어낼 능력을 갖추고 있었다.

그러나 모용천은 남궁익에게 검을 파괴당한 이후, 한 번도 검을 쥔 일이 없었다. 종리세가의 사주를 받은 자들과 싸우며 모용천은 종종 상대의 무기를 빼앗아 쓰고는 했는데, 날이 달린 무기는 아예 손도 대지 않았다.

세가에서 벽암당 살수들의 목숨을 처음 취하였을 때, 새삼 실감했던 잘 갈린 쇠붙이의 위력. 피륙을 가진 인간이 당해낼 수 없는 그 힘을 너무나도 잘 알고 있기에 모용천은 일부러 검을 잡지 않은 것이다. 달려드는 상대를 검으로 베는 일이, 금나수법으로 잡아 꺾고 부수는 일과는 비교도 못할 만큼 쉽다는 사실이 두려웠던 것이다.

당장 지금만 해도 상대의 검을 통제한 순간, 저도 모르게 살심—이라기보다는 손쉽게 처리하고 싶다는 편에 가까울 테지만—이 피어오르지 않았던가?

'이러고 보면 검왕의 눈도 믿을 게 못되는군. 이런 놈에게 검의 의지를 들을 수 있는 자라니 말이야.'

남궁익은 한때 모용천에게 진실로 검을 쓰는 자라며, 검을 휘두르거나 검에게 휘둘리는 여느 검수들과 다른 경지에 있다며 절찬을 했었다. 사실 그때에도 모용천은 속으로 과한 말이라고 생각했지만, 지금 보니 자신은 아직도 검에게 휘둘리는 게 아닌가. 검왕의 말이라 하여 전부 옳은 게 아니라는 생각이 들었다.

비에 가린 해, 낮 속의 밤.
차갑게 내리는 빗속에서, 도리어 김이 되어 피어오르는 열기.
죽여서 내 한 몸 편하자는 욕망과 애써 참아내는 마음.

모용천을 둘러싼 모든 것이 혼돈 그 자체였다. 지친 몸은 마음을 달랠 틈도 없이 싸움에 내몰렸고, 머리는 때때로 멍하여 불살의 결심을 왜 지켜야 하는지 몰랐다.
그 속에서도 모용천의 손은 흔들림없이, 학습된 내용을 반복하듯 달려드는 적들을 처리하고 있었다.
그러면서 모용천은, 이소와 팽가력의 예상보다 빨리 강소성에 들어섰다.

* * *

"놈이 강소성에 들어왔습니다."
개방에 비교할 수 없지만 강소성 내에서의 정보만이라면

종리세가도 뒤질 게 없다. 종리창에게 그 사실이 알려진 것은, 모용천이 강소 땅에 들어선 지 하루도 채 지나지 않은 시점이었다.

종리세가로 향하는 모용천의 속도는 이소나 팽가력뿐만 아니라 종리창의 예상도 뛰어넘고 있었다.

모용천의 진을 빼놓기 위해 산동성의 군소 방파들을 죄다 긁어모으는 데 쓴 돈이 벌써 세가의 일 년 지출에 육박한다. 종리창은 이로 인해 모용천이 산동성을 지나는 데 한 달이 넘을 거라 여겼다. 그런 식으로 한 달을 시달린다면 어떤 고수라도 심신이 극도로 피곤해질 텐데, 모용천은 아무렇지도 않다는 듯—실제로 아무렇지도 않은 것은 아니었지만—불과 보름도 지나기 전 산동성을 통과해 강소성으로 들어온 것이다.

"그게 정말인가?"

보고해 온 자에게 종리창이 되물었다. 사실 한 달이라는 시간도 모용천의 무위를 가능한 한 높이 평가하여 상정한 것이었다. 놀랄 수밖에 없는 일이었다.

종리창의 반응에 보고자는 제 잘못도 아니면서 송구한지 고개를 조아렸다.

"예. 그보다 어떻게 하시겠습니까? 생각보다 내려오는 속도가 빨라 준비가 제대로 될 것 같지 않습니다."

"으음……."

보고를 들은 종리창은 무거운 신음 소리를 냈다.

이 싸움은 어쨌든 종리세가의 승리로 막을 내려야 한다. 모용천의 무위가 설령 십왕의 수준일지라도 말이다.

막대한 예산을 퍼부어 산동성의 군소 방파들을 움직인 것도 다 계획의 일환이었다. 또 그보다 더 큰 돈을 들여, 또는 이름과 위세를 팔아 끌어모은 전력이 있었다. 그런데 그들을 계획에 맞춰 배치하기도 전에 모용천이 종리세가에 도착할 기세였으니 당황할 수밖에 없었다.

그리고 그럴수록, 모용천을 향한 종리창의 증오는 깊어만 갔다.

처음부터 모용천은 눈 속에 박힌 가시 같은 존재였다. 그것은 종리세가가 본래 오대세가가 아니었다는, 모용세가를 밀어내고 대신 그 자리를 꿰찼다는 열등감에서 비롯한 것이었다.

이대로 소리 소문 없이, 주화입마로 누웠다는 모용담의 대에서 모용세가가 끊어지기를 바랐던 종리창에게 모용천의 등장은 실로 충격적이었던 것이다.

충격이 가시자 이번에는 미움이 빈자리를 차지하고 앉았다. 모용천의 목적이 모용세가의 오대세가로의 복귀임을 알았을 때, 이미 종리창의 귀에는 그 말이 종리세가를 몰아내고 본래의 자리를 되찾겠다는 소리로 들렸다. 게다가 권왕, 즉 무림맹은 오대세가의 일원이면서도 흔쾌히 가맹해 준 자신들을 조금도 고마워하지 않았다.

오히려 세가에 있어 큰 불안의 씨앗인 모용천을 품어 싹을 틔운 것이다.

이런 종리창의 불안과 증오를 결국 폭발시킨 것이 종리상웅의 죽음이었다.

자신의 아들은 죽고, 모용천은 살아서 돌아왔다. 그것도 장원급제라도 했는지 모든 무림인들의 뇌리에 강한 인상을 남기며 말이다. 그와 함께 다녀온 자들, 이소와 신유결은 모든 공을 모용천에게도 넘기며 칭찬하기에 바빴으나 정작 종리창을 위로하지는 않았다.

모두가 수왕을 설득했다는 모용천의 찬란한 업적에 눈이 멀었지, 종리상웅의 죽음을 애도하는 이는 없었던 것이다.

모용천의 명성이 높아지면 높아질수록, 종리창은 그 자리가 기실 종리상웅의 것이었어야 했다고 생각했다. 그러던 종리창은 결국 모용천이 자신에게서 아들을 빼앗아가고 아들의 것이었어야 할 명성마저 빼앗아갔다고 여기기에 이르렀다.

망상은 맹목적인 증오로, 증오는 더 큰 망상으로.

모용천은 종리상웅으로 만족하지 않을 것이라는, 아니, 종리상웅은 종리세가를 무너뜨리기 위한 모용천의 계략의 시작에 불과하다는 믿음이 깊어진 것이다.

종리창은 침울한 얼굴로 자리에서 일어나, 집무실 한쪽 벽에 붙은 강소성 전도(全圖)로 다가갔다. 계획은 전면 수정되어야 했고, 애써 불러 모은 전력도 유기적으로 모용천 한 사람을 상대하는 데 최선이 될 수 있도록 조율할 시간이 없었으니 답답한 상황이었다.

'빌어먹을 놈. 끝까지 이렇게……!'

이유가 있어 생겨난 미움도 극에 달하면, 도리어 미워할 이유를 찾게 된다. 이는 비단 미움에 국한된 것이 아니라 모든 인간의 감정이 그러하니, 사랑과 믿음 또한 맹신하게 되면 위와 같이 변하지 말란 법이 없었다.

종리창은 이를 갈며 말했다.

"이전 계획은 전부 파기하겠다. 대기 중인 분들은 불러 모으고, 나머지 써야 할 놈들은 최대한 동원해서 놈의 진로를 막아라. 어서!"

보고자가 명을 받들고 물러나자, 종리창은 머리를 싸매며 자리로 돌아갔다. 파놓은 함정들, 치밀한 안배가 무색해진 지금 사실상 정면으로 싸워야 할 텐데 확신이 서질 않았다. 종리세가는 이 대째 변변한 고수를 배출하지 못했고, 애써 모은 조력자도 삭일파(削日破)나 강상문(姜上門) 등 일류라고 하기에는 다소 손색이 있는 문파들뿐이었다. 오죽하면 장문인이 직접 응원대를 조직해 오겠는가?

힘으로 제압하지 못했을 때를 대비해야 했다.

종리창은 책상 위 흐트러진 문서들 틈에서 검푸른 봉투를 발견했다. 그래, 이 또한 방법이 될 수는 있다.

종리창은 봉투를 앞뒤로 살피며 강한 유혹을 느꼈다. 봉투를 열고, 그에게 도움을 청할 것인가?

그러나 이는 종리창에게 있어 금단의 영역이다. 이걸로 모용천을 제거할 수 있을지는 몰라도 그 이후 종리세가에 밀어닥칠 후폭풍을 염두에 두면 도저히 할 수 없는 일이다.

종리창은 봉투 속을 끄집어내려던 손을 멈추고, 고요히 제 몸을 사르고 있는 촛불 위로 봉투를 가져갔다. 봉투 속을 보지 않고 태우려는 것이었다.

"……."

바로 태우지 못하고 불 한 뼘 위에서 몇 번이나 망설이던 종리창은, 결국 손을 떼고 말았다. 종리창은 고개를 몇 번 젓고 눈에 띄는 곳에 봉투를 놔두었다.

언젠가, 필요할 때가 올지도 모른다.

종리창은 그럴 일이 없기를 바라며, 그러나 온다면 주저하지 않으리라 다짐했다.

온 무림이 모용천과 종리세가가 벌이는 싸움의 추이를 숨죽여 지켜보고 있을 때, 한쪽에서는 그 광풍에 휩쓸리지 않고 오히려 제 안의 문제에 골몰하는 자들이 있었다.

그 실체가 드러나자마자 무림을 지탱하는 한 축, 사파의 대명사가 되어버린 제마성이 바로 그들이었다.

"오랜만에 뵙습니다."

성 안으로 들어온 사내를 향해 진첩결이 먼저 포권의 예를 갖추었다. 진첩결은 제마성의 이인자, 부성주이니 성주인 마왕을 제외한 누구에게도 먼저 이런 격식을 차릴 이유가 없었다.

성 안으로 들어온 사내는 얼굴에 수염을 덥수룩하게 기른 삼십대의 청년으로, 오랫동안 빛을 받지 못한 듯 창백한 얼굴이었다. 청년은 얼굴을 찡그리며 마지못해 마주 포권했다.

"오랜만입니다."

청년은 바로 마왕의 장자, 황무기였다.

황무기가 제마성을 나섰던 것은 모용천을 잡기 위해서였다. 면벽에 들어간 사이 제마성의 중요한 행사를 동생인 황지엽에게 빼앗겼던 만큼, 모용천을 잡아들이라는 마왕의 명은 황무기에게 커다란 기회였다.

당시 황무기는 면벽수련을 통해 마천상야공 사단계를 완성한 직후였다. 아버지인 마왕을 제외하면 황무기의 나이에 마천상야공의 사단계를 완성할 수 있는 자는 또 없을 거라는 자부심이 가슴속에 가득한 상태였다. 당연히 이름도 없는 모용천이라는 자를 잡는 것은 어려운 일이 아니어야 했다.

그러나 황무기는 모용천을 번번이 놓치고, 지난겨울에는 그에게 큰 내상을 입기까지 했다. 십여 세나 어린 모용천에게 당했다는 것도 굴욕적이었지만, 더 큰 충격은 당시 현장에서 같은 제마성의 동료, 외오각주 중 하나인 요검 은삼교에게 죽을 뻔했다는 사실이었다.

요검 은삼교는 무림 전체를 통틀어 손꼽히는 검객이었지만, 속을 종잡을 수 없고 감정의 기복이 커 정사를 막론하고 가까이 하기를 꺼리는 대표적인 인물이었다. 그의 별호가 요검이었지만 사람들은 그 앞에 광정(狂情)이라는 두 글자를 붙여 불렀으니 어느 정도인지는 가늠할 수 있을 것이다.

그 요검도, 황무기와 마찬가지로 모용천을 잡기 위해 제마성으로 복귀하지 않고 있던 상황이었다. 그런데 모용천을 잡기는커녕 황무기를 죽이려 했으니, 아무리 미쳤다고 해도 제 주인의 아들을 죽이려 하는 자가 어디 있단 말인가?

어쨌든 목숨을 부지해 무진총에서 상처를 치료하던 황무기가 생각할 수 있는 것은 하나밖에 없었다(섭영귀의 부추김이 있기는 하였으나). 바로 제마성을 강호에 알리는 중요한 행사를 자신이 아닌, 그렇다고 차남인 황유극도 아닌 셋째 황지엽에게 맡긴 진첩결이었다.

진첩결과 황무기는 본래 사이가 좋지 않았다.

황무기는 어서 무림일통을 위한 전쟁을 일으켜 제 힘을 뽐내고 싶었고, 진첩결은 황무기의 그런 성급함과 포악함을 경계했다. 사파의 인물이 포악함을 경계한다는 건 어폐가 있지만, 그것은 어디까지나 기존 사파인들의 행태, 즉 뿔뿔이 흩어져 집단이라는 힘을 발휘하지 못해 정파를 이길 수 없던 시절에나 유효한 덕목이었다.

잔첩결이 마왕과 함께 제마성을 세운 것도, 그런 과거에서 벗어나 좀 더 건설적인 꿈을 꾸기 위함이었다. 그렇지 않으면, 다른 십왕이 건재한 이상 마왕 홀로 무림 일통을 이루기는 어려운 일이었으니까.

　그런 진첩결의 구상에, 마왕의 후예로 마왕과 같은 절대적인 무력을 지니지 못한 채 그저 거칠기만 한 황무기는 차기 성주로 적합한 인물이 아니었다.

　물론 진첩결이 그런 속내를 비친 적은 없었지만, 금수도 저를 싫어하는 사람을 가리는데 하물며 사람인 황무기가 그를 모르겠는가?

　황무기의 입장에서 진첩결은 당연히 마왕의 가신(家臣)이므로 그의 장자인 자신에게도 마찬가지로 충성을 다하여야 한다고 생각했다. 그러나 불행히도 진첩결은 스스로 마왕의 가신이 아니라 제마성의 일원이었고, 그가 충성을 바치는 마왕은 결코 대를 이을 수 없는, 홀로 오롯한 존재였던 것이다.

　이러니 황무기가 요검의 행동을 단순한 변덕이라고 생각할지, 아니면 진첩결의 사주를 받은 것이라고 생각할지는 자명한 일이었다.

　"몸은 좀 어떠십니까? 모용천이라고 했던가요? 그자에게 입은 내상이 보통 중한 게 아니라고 들었습니다만. 저 무진총주의 극진한 보살핌하에서도 회복하는 데 꼬박 일 년이나 걸렸으니 말이지요."

모용천과의 장력 대결에서 패한 후유증이 심각한 것은 사실이었다. 그러나 망자도 명계에서 끄집어온다는 신의(神醫), 무진총주 석공이다. 기실 황무기는 반 년 만에 자리를 털고 일어났으니 나머지 반 년, 어째서 복귀하지 않았는지를 진첩결이 꼬집은 것이다.

"흥……!"

어차피 말로는 당해낼 수 없다. 황무기는 대응하지 않고 고개를 돌렸다. 대체 천하에 누가 천리안 진첩결을 무시할 수 있단 말인가? 마왕의 장남이라 해도 그럴 수는 없는 일이다.

"후훗… 어쨌든 잘 돌아오셨습니다."

그러나 진첩결은 얼굴색 하나 변하지 않고 여유롭게 웃어 넘겼다. 이 자리에 있던 자들 중에는 제마성의 잡무를 보는 무공을 익히지 않은 자도 있었고, 또 이름만 들어도 알 마인도 있었다. 그러나 일반 사람이든 마인이든, 방금 전 상황에서 가슴을 졸이지 않은 자가 없을 정도였다.

단 한 사람. 황무기의 뒤에 서 있던 섭영귀를 제외한다면 말이다.

'쳇… 역시 웬만해서는 흔들 수 없군.'

황무기에게 방금 전과 같은 태도를 주문했던 것이 다름 아닌 섭영귀였다. 황무기가 불같이 화를 내며 당장 제마성으로 돌아가려는 것을 만류하고, 일 년 가까이 무진총에 머무르게 한 것도 섭영귀였다.

그때, 이들이 조우한 제마성의 안뜰에 누군가 모습을 드러냈다. 꽤 맑은 음색으로 노래를 부르며 나타난 사내, 바로 요검 은삼교였다.

  콩을 삶는데 콩깍지로 불을 때니
  콩이 솥 안에서 울더라
  같은 뿌리에서 났거늘 왜 이리 급한가 하니
  한 깍지에서 났지만 못 먹을 놈도 있더라

은삼교가 워낙 노래 부르기를 즐겨 요검이라는 별호가 있지만, 그가 부르는 노래는 사람들이 생전 듣도 보도 못한 것밖에 없었다. 말하자면 매번 다른 노래를 즉석에서 지어 부른다는 것인데, 이 말만 놓고 보면 시작(詩作)에 출중한 자 같으나 글자 수도 압운도 도통 마음대로라, 노래의 가치라는 측면에서는 없는 것이나 마찬가지라 하겠다.

그런데 오늘따라 은삼교가 부르는 노래의 내용이 낯익은 것이다. 콩을 노래한 앞부분은 저 천재 시인, 조식의 시를 인용한 것으로 형제 사이에 다툼을 슬퍼하는 내용이었다.

그러나 남의 시를 그대로 노래한다면 은삼교가 아니다. 중간 이후부터는 다시 자신의 방식으로 돌아갔는데, 그 내용이 꽤나 자극적이었다. 한 깍지에서 난 콩 중에서도 못 먹을 놈이 있더라는 말은, 누가 들어도 이 자리에 있는 황무기를 조롱하는 수작이었다.

"이 노옴!"

황무기가 크게 노하여 소리쳤다. 그러나 은삼교는 힐끗 돌아볼 뿐, 이내 시선을 돌려 제 갈 길을 가는 것이었다.

"공자!"

섭영귀가 놀라 소리쳤다.

황무기의 성격상, 은삼교를 보면 당장 화가 치밀어 오를 것임은 이미 예상했던 바다. 하지만 은삼교가 이렇게 대놓고 황무기를 조롱할 줄은 생각도 못한 것이다.

화아아악!

황무기의 몸이 검은 연기로 화하여 은삼교를 향해 쏘아졌다.

예상하고 있었는지, 은삼교는 빠르게 뒤로 물러나며 검을 휘둘렀다.

쉐엑!

파공음을 따라 검기가 하나의 선을 그었다. 잡아먹을 듯 날아가던 검은 연기가 주춤하더니 세 걸음 떨어진 곳에서 한데 뭉쳤다. 본 모습으로 돌아온 황무기의 얼굴이 벌겋게 달아올라 있었다.

"네 이놈… 네가 이러고 무사할 것 같으냐!"

은삼교는 고개를 갸웃거리며 대답했다.

"무슨 말인지 모르겠군. 일공자, 뭣 때문에 나를 공격한 거요?"

"뭐? 무슨 말인지 모르겠다고?"

황무기는 화가 머리끝까지 올라 말도 잘 나오지 않았다.

"다짜고짜 사람을 공격하다니, 내가 일공자를 몰라봤다면 벨 뻔하지 않았소?"

"이 해괴한 놈이 뚫린 입이라고 아무 말이나 해도 되는 줄 아느냐! 네가 그날 무슨 짓을 저질렀는지 내가 알고, 저기 외전각주가 알고 있다! 그러고도 네 어찌……!"

"갈수록 무슨 말인지 모르겠군. 당시 나는 모용천과 겨루어 패하고 도망쳤소. 자, 보시오."

그러면서 은삼교는 목을 내밀었다. 그의 흰 목에 붉은 자상이 한가득이었다.

"내 명줄도 간당간당할 지경이었는데 일공자는 대체 무슨 말을 하는 거요? 아, 그때 나에 앞서 모용천의 일장에 나가떨어진 게 일공자였지? 그러면 그 뒤의 일은 모르겠군. 아무리 그래도 그렇지, 마천상야공을 아무 데서나 막 구사하고 그러면 쓰겠소?"

"이 노옴… 더 이상 말이 필요없겠구나!"

황무기는 크게 소리치며 공력을 끌어올렸다.

솨솨솨사삭!

손끝에서 피어오른 마천상야공의 기운은 황무기의 손을 장갑처럼 감싸기 시작했다. 마천상야공 제사단계의 심득 중에서도 가장 패도적인, 공력을 두 손에 집중하는 수법이었다.

은삼교도 빼 든 검을 고쳐 쥐었다. 아무리 상대가 마왕의 아들일지라도 순순히 당하고만 있을 수 없다는 뜻이었는데, 곤혹스럽다는 표정이 심히 가증스러웠다.

사실 이 상황이 그의 말처럼 돌발적이었다면 은삼교의 얼굴에서 이런 표정이 떠오를 리가 없다. 아주 명확하게, 처음부터 끝까지 내가 너를 놀리고 있다는 의사가 황무기에게 전해지고 있었다.

"흐아아아압!"

사단계 마천상야공의 정수가 담긴 검은 손바닥을 휘두르며, 황무기가 돌진했다. 은삼교는 턱을 약간 치켜들고, 달려드는 황무기를 보며 아주 잠깐 고민에 빠졌다.

'여기서 죽였다가는 난리가 날 테니… 오른손? 왼손?'

겨우 한 번을 자문해 보고 지겨웠는지, 은삼교는 그냥 아무 손이나 자르기로 결심했다. 황무기의 두 손바닥이 하늘이 무

너지는 기세로 은삼교에게 닥쳐오고, 검을 쥔 은삼교의 손목에 탄력이 실리는 순간,

쿠우웅!

한줄기 장력이 두 사람 틈을 뚫고 지나갔다.

육중하면서도 빠르게 두 사람 사이를 지나간 장력은, 곧 제마성의 내벽에 부딪쳐 굉음을 냈다.

콰콰콰콰쾅!

"......!"

"......!"

황무기와 은삼교뿐 아니라 바라보던 이들 모두가 놀라 장력의 발원지로 눈을 돌렸다. 두 사람을 향해 일장을 뻗고 있는 진첩결이 보였다.

"대체 뭣들 하는 거요!"

충돌 직전, 벽공장의 수법으로 두 사람을 떨어뜨려 놓은 진첩결이 일갈했다.

"한 사람은 주군의 장남이고, 또 한 사람은 본 성의 간판인 외오각주 중 하나인데 어디 할 짓이 없어서 드잡이질이오? 그것도 성내에서! 다른 이들에게 부끄럽지도 않소!"

진첩결의 노한 얼굴 위에 자색 기운이 올라 있었다. 그것이 뜻하는 바가 무엇인지, 또한 사람들의 놀란 표정과 고정된 시선이 무엇을 말하는지 은삼교와 황무기가 동시에 깨닫고 고

개를 돌렸다.

"……!"

과연 예상대로 진첩결의 벽공장이 강타한 벽에는 장력의 흔적이 크게 남아 있었다. 벽이 부서지고 움푹 들어가면서 만들어진 그 흔적이, 흡사 분노한 마귀의 형상과 같으니 이것이야말로 진첩결의 원마심공(原魔沈功)이 아니겠는가?

진첩결이 마왕의 수하로 들어가면서 오직 제마성의 설립에만 온 정력을 쏟은 지 오랜 시간이 흘렀다. 함께 제마성의 살림을 챙기고 운영을 고민하던 자들도 가끔 진첩결이 홀로도 범접하기 힘든 거마(巨魔)라는 사실을 잊었을 정도였다.

그렇게 십 년 가까이 내보이지 않았던 원마심공을 오랜만에 선보였으나 그 기회가 적을 상대할 때가 아니라 아군의 다툼을 말리는 것이었으니 진첩결의 분노가 모두에게 전해졌다.

"곧 외부의 축하 사절들이 당도할 터이니 더 이상의 말썽은 좌시하지 않겠소! 행여나 망신을 사주군에게 누를 끼치는 날에는 이 진 모가 어찌 나올지, 기대해도 좋을 것이오."

"……."

진첩결의 말에 서슬이 퍼랬다. 황무기와 섭영귀도 일단은 입을 다물었다. 지금 당장 진첩결과 대립해 봐야 손해인 것이다.

진첩결은 냉랭한 목소리로 황무기에게 말했다.

"그리고 일공자와 전각주는 지금 당장 주군을 알현하시오. 온다는 소식을 듣고 기다리고 계시오."

황종류가 기다리고 있다니, 보통 일이 아니다. 하긴 일 년이나 복귀를 거부하고 무진총에서 시위 아닌 시위를 하다 이제 들어왔으니 이유를 묻지 않는 게 더 이상하다.

'그래, 차라리 잘됐다!'

황무기는 속으로 부르짖었다. 아버지가 원하는 자리, 부성주가 참여할 수 없는 자리라면 얼마든지 이야기할 수 있는 것이다.

그렇게 모두 흩어지는 틈을 타 은삼교도 함께 어디론가 빠져나가려 했다. 그러나 슬그머니 사라지려는 은삼교를, 진첩결은 놓치지 않았다.

"요검!"

찔끔! 만사가 피곤하고 귀찮아서 감정마저 잘 드러내지 않는다는 요검 은삼교가 찔끔 놀라 돌아봤다.

"왜… 그러시오?"

은삼교의 표정이 다소 일그러져 있었다. 마치 서당 훈장에게 호명당한 학생이랄까? 천하의 요검이 저런 표정도 지을 줄 아는 자가 몇이나 될지, 궁금한 순간이었다.

"잠깐 얘기 좀 합시다."

어서 오라는 듯, 진첩결은 고개를 끄덕였다.

황종류를 알현하는 시간은 짧고, 달리 할 말도 없었다. 황무기나 섭영귀는 왜 자신들이 일 년 가까이 복귀를 미루고 무진총에 머물러 있었는지, 황종류가 그 이유를 궁금해할 거라 생각했다. 그러니 그 이유를 물을 때, 무엇을 얘기해야 할지 사전 연습도 해온 터.

그러나 황종류는 별 관심이 없다는 듯, 형식적인 말로 두 사람의 노고를 치하하고 상을 준비해 놨으니 거처로 돌아가라 명할 뿐. 이유 따위는 묻지도 않았던 것이다.

잔뜩 준비해 놓은 말들을 꺼내지도 못하고 쫓겨나다시피 알현실을 나온 황무기가 신경질을 냈다.

"이게 대체 뭐요! 아버님께서는 아예 우리에게 관심이 없었던 것 아니오?"

"그… 글쎄 말입니다."

"이런 줄 알았다면 그때 당장 돌아와서 한바탕 난리라도 피우는 편이 낫지 않았소! 지금 와서 그 얘길 꺼내면 내 꼴이 뭐가 되겠소!"

섭영귀는 할 말이 없었다. 황종류가 이렇게까지 무관심할 줄 누가 예상이라도 했겠느냔 말이다.

꿀 먹은 벙어리가 된 섭영귀를 내버려 두고 황무기는 발걸음을 돌렸다. 가뜩이나, 그가 없는 동안 황지엽은 산동의 금웅 육주당을 제압하고 그의 전 재산과 배상장이라는 인맥과 돈줄이 집약된 장원을 획득하는 성과를 올렸다고 한다.

'금웅 육주당이라면 상당한 고수로 알려져 있는데, 엽이 놈에게 당할 정도면 소문이 과장되었던 거군. 젠장! 차라리 얼른 돌아왔다면 그 일도 내가 수행했을 텐데… 섭영귀의 말을 듣다가 이게 무슨 꼴인가!'

아무리 화를 내봤자 흘러간 시간은 돌아오지 않는다. 황무기는 오랫동안 비워두었던 자신의 처소로 돌아가던 중, 문 앞에서 발걸음을 돌렸다. 물론 말끔히 청소가 되어 있을 테지만 어쩐지 들어가고 싶지 않았다. 삭막한 무진총에서의 일 년을 생각하면 이대로 처소에 돌아가 눕기가 억울한 것이다.

황무기가 찾아간 곳은 동생, 마왕의 차남인 황유극의 처소였다. 헛되게도 황유극은 처소에 있지 않았다.

"약속이 있으시다며……."

황유극의 시녀 중 하나가 고개도 못 들고 작게 중얼거렸다. 황무기는 그냥 돌아갈까, 생각했지만 기왕에 여기까지 온 것 동생을 보지 못하면 목이라도 축이자는 마음으로 걸음을 옮겼다.

사람들은 제마성이라고 하면 막연히 사파의 고수들을 모

아놓은 요새 같은 걸 상상한다. 그러나 막상 제마성에 직접 와본다면 놀라 혀를 내두를 것이다. 제마성은 단순한 요새가 아니라, 그 자체로 또다른 세계였다.

고수들을 끌어 모아 다가올 무림일통을 준비하는 한편, 그들을 지원하기 위한 제반 시설을 갖추고 이를 원활히 가동시키기 위해 오대산 인근 주민들을 포섭했다. 그렇게 포섭한 인근 주민들에게는 각자 제마성 전력(戰力)을 지원하는 새로운 직업이 부여됐는데, 그 대가로 지급되는 것은 제마성 내에서만 쓰일 수 있는 동화(銅貨)였다. 이걸로 제마성은 외부와 단절된 채 하나의 세계로, 독자적인 경제의 흐름을 갖고 돌아가는 것이다.

이는 진첩결이 생각하는, 마왕에 의한 무림일통이 이루어진 훗날을 대비한 하나의 커다란 실험이었다.

그렇게 철저히 계획과 의도하에 조성된 저잣거리에는 황유극이 자주 들르는 술집이 하나 있다. 황무기도 동생과 함께 자주 드나들던 곳이다. 당연히 그곳에 있겠거니, 황무기는 술집으로 향했다.

"극이 있나?"

문을 열며 황무기가 거침없이 말했다. 객잔 안에 있던 낯익은 점소이가 황무기를 알아보고 고개를 조아렸다.

"예. 하오나 지금은 다른 손님이……."

일 년 만에 돌아온 황무기지만 아직도 그를 두려워하는 이들이 많다. 이 작은 세계에서 마왕의 장남이라는 신분은 마치 하늘과 같아, 무슨 짓을 해도 용납이 되는 것이다. 아니, 이 작은 세계가 황무기의 장난감이나 마찬가지였다.

"얼굴만 보고 갈 것이다."

황무기라고 언제까지나 망나니인 것은 아니다. 게다가 제마성이 세워지고 지금처럼 주군의 아들이라며 떠받들어진 것은 이미 머리가 굵어진 다음의 일이다.

"하, 하오나 지금은……!"

무엇을 저어하였는지, 점소이가 감히 황무기의 앞을 막았다. 화가 나기에 앞서 기가 차는 일이다. 아무리 일 년이나 자리를 비웠다지만 이 제마성 안에서 내 앞을 막는 자가 있다니! 황무기는 눈살을 찌푸리며 짧게 말했다.

"비켜라!"

짧은 말이었지만 절대적인 힘이 서려 있다. 무공의 '무' 자도 모르는 점소이는 절로 발이 움직이는 신기한 일을 체험했다.

황유극 또한 마왕의 아들, 이 집에서 가장 좋은 방을 전용으로 쓰는 처지다.

'중요한 자리라면 옆방에서 혼자 술이나 마셔야겠군.'

황유극의 방은 복도 끝, 가장 조용하고 경관이 좋은 자리였다. 기척도 없이, 황무기는 방문을 밀었다.

"혀, 형님……?"

방문을 밀고 들어온 황무기를 형님이라고 부른 자는 기대와 달리 황유극이 아니었다. 한참 어린 마왕의 넷째. 황무기의 얼굴도 제대로 못 보는 황평군이 아닌가?

황무기가 고개를 돌리자, 상석에서 황유극이 황급히 일어나는 모습이 보였다. 황유극의 얼굴에는 응당 있어야 할 반가움 대신 당황스러운 기색이 역력했다.

그리고 황유극과 황평군 사이.

황지엽이 있었다.

* * *

진첩결을 따라 들어온 은삼교는 유난히 경계하는 기색이었다. 마왕의 앞에서도 자신만의 세계에 빠져 있기로 유명한 은삼교였지만 묘하게도 진첩결을 대할 때만큼은 조심스러운 눈치였다.

은삼교가 방 안에 들어오자, 진첩결은 대뜸 말했다.

"그 상처, 정말 모용천에게 당한 게 맞소?"

수십 개의 자상으로 가득한 목. 은삼교는 손으로 목을 감추며 말했다.

"맞소이다."

"그런데 왜 감추시오?"

진첩결이 다시 말하자, 은삼교는 손을 내렸다. 희어서 더욱 붉은 상처가 도드라지는 목이 눈앞에 드러났다.

"감추긴… 누가 감췄다고 그러시오?"

그러나 은삼교의 목소리에는 힘이 없어, 이미 진첩결의 의문이 정당하다고 알려주는 꼴이었다. 진첩결은 고개를 저으며 말했다.

"내 두 번 묻지 않을 것이오. 아까 일공자가 한 말, 사실이오? 아니오?"

"아니오. 그럴 리 없지 않소?"

은삼교는 여자 같은 입술로 부인했다.

"내 두 번 묻지 않는다고 했소. 요검이 그러시다니 어쩔 수 없지. 일공자는 내가 그 일을 사주했다고 믿고 있으니, 더 일이 커지기 전에 조사해 봐야 할 것이오. 괜한 불똥이 튀는 건 사양하고 싶으니까."

"……"

"일단 삼공자부터 조사해 봐야겠군."

혼잣말하듯 중얼거리고, 진첩결은 가하균을 부르는 종을 들었다. 그 종을 막 흔들려던 차.

탁!

은삼교가 손으로 진첩결이 든 종을 책상 바닥에 내린 것이다. 손 위에 손이 더해진 형국이었다. 다급한 나머지 그대로 종을 책상 위에 바로 내려놓더니, 뭐라 할 틈도 없이 종을 빼앗았다.

"불가하오!"

아마도 은삼교가 다급해하는 모습을 본 자는 내가 처음이 아닐까? 진첩결은 작은 성취감을 느끼며, 그러나 겉으로 드러내지 않고 위협적인 목소리로 말했다.

"이게 무슨 짓이오! 감히 부성주의 권위에 도전이라도 할 생각이오?"

"아니, 그런 말이 아니라… 이 얘기는 삼공자께 들어가면 안 되기 때문에… 그러니까……."

종을 다시 빼앗길까 품속에 넣은 은삼교가 횡설수설했다. 진첩결은 걸려들었구나, 생각하며 재차 추궁했다.

"삼공자와는 관련이 없단 말이오?"

"그, 그렇소! 삼공자는 이 일과 아무런 상관이 없소!"

"그렇다면 요검이 무슨 일이든 했다는 말이시로군. 순순히 실토해 줘서 고맙소."

진첩결은 팔짱을 끼며 허리를 뒤로 젖혔다. 잠시 멍한 눈으로 진첩결을 보던 은삼교가 이내 화를 냈다.

"나를 속였구나!"

진첩결이 지지 않고 말했다.

"먼저 속인 건 요검이지."

"……."

은삼교는 말을 잃고 고개를 숙였다.

한참 시간이 흐르고, 진첩결이 다시 말했다.

"왜 일공자를 죽이려 했소?"

"……."

"말하지 않겠다면 하지 마시오. 삼공자에게 물어보면 알 수 있겠지."

요검을 자극하는 말이 무엇인지, 진첩결은 대번에 간파했다. 광명통 제갈창운과 함께 정사를 대표하는 책사의 능력이 미치광이를 상대할 때에도 유감없이 발휘되는 것이다. 진첩결은 다시 황지엽을 언겁하며 자리에서 일어났다.

"잠깐!"

과연, 굳게 다물어져 있던 은삼교가 입을 열었다. 예상대로였지만 진첩결은 짐짓 귀찮다는 듯 말을 툭 던졌다.

"뭐요?"

"내가 졌소. 내가 말할 테니 삼공자에게 말한다거나 그런 짓은 하지 마시오. 약속하시오!"

진첩결은 다시 자리에 앉아 웃으며 말했다.

"요검은 너무 나쁘게 생각하지 마시고, 있는 그대로 사실만 말씀하시오. 어쩌면 내가 도움을 줄 수 있는 일일지도 모르지 않소? 나도 일공자가 썩 마음에 드는 건 아니니까."

* * *

"형님, 언제 돌아오셨습니까? 연락도 없이……!"
 당황하는 기색도 잠시, 황유극의 얼굴에 웃음이 번졌다. 황유극은 자리에서 일어나 황무기를 반기려 했다. 그러나 황무기는 다가오는 황유극을 밀쳐냈다.
 "오지 마라."
 "형님? 무슨 일이라도 있으신 겁니까?"
 "오지 말라 했다!"
 황무기가 소리를 빽 질렀다. 황평군은 움찔, 어깨를 움츠렸고 황유극은 당황해 한 걸음 물러났다.
 황지엽은 황무기를 보지도 않고, 제 앞에 놓인 술잔을 들이켜고 있었다. 황지엽의 자리 옆에는 빈 병의 산이 쌓여 있었다. 이미 거나하게 취했는지 제 몸도 가누지 못해, 술을 따르는 동작 하나도 힘겨워 보였다.
 보통 내공을 단련한 고수는 웬만하면 취하는 법이 없다. 자신이 작정하고 술에 몸을 맡기지 않는 이상은…….

황무기는 황유극을 보며 말했다.

"그때 무진총에서 네가 뭐라 말했는지 기억나느냐? 기억하고 있다면 이 자리에서 말해보아라."

"예? 형님, 그게 무슨……."

"어서!"

황무기의 고함 소리가 건물을 흔들었다. 마왕의 장남이 나타났다는 소문이 벌써 돌았는지, 각 방에서 술잔을 기울이던 자들이 가게 밖으로 뛰쳐나가고 있었다.

황무기는 눈을 부릅뜨고 말했다.

"불과 반년도 지나지 않은 일이다. 아니, 너는 백 년이 지나도 잊어선 안 될 말을 했다. 자, 말해보거라. 어서!"

아닌 밤중에 홍두깨라더니, 이거야말로 뒤통수를 맞은 격이다. 황유극은 필사적으로 머리를 굴렸지만, 그 또한 어느 정도 술에 취한 상태였다.

"그게… 그러니까, 그게……."

머리는 돌아가지 않고 혀는 꼬인다. 마음이 급하다 보니 황무기와 관련된 기억들을 죄다 끄집어내 보지만 딱 하나, 무진총에서 무슨 말을 했는지 그 기억만 아무리 뒤져도 나오지 않는 것이다.

아무리 뒤져도 기억이 나지 않자, 황유극은 고개를 푹 숙였다.

"모르겠습니다."

황무기는 그런 동생을 노려보며 말했다.

"그날 무진총에서 나는 네게 물었다. 너는 나와 삼제, 둘 중 누구의 편이냐고."

피를 나눈 동기간을 가르는 질문에, 당시에는 황유극이 반발하여 소리쳤다. 이번에는 막내인 황평군이 소리치며 끼어들었다.

"형님! 그게 대체 무슨 말씀이십니까! 다 같은 아버님의 아들인데 누가 누구의 편이란 말씀이십니까!"

"닥쳐라."

용기 내어 외쳤던 황평군은 황무기의 한마디에 꼬리를 내렸다. 그가 날 때부터 황무기는 무서운 형으로 형제들 위에서 군림하고 있었다. 더욱이 황평군과는 십 년 가까이 차이가 나다 보니 더욱 어려운 존재였다.

황평군의 입을 다물리고, 황무기가 다시 말했다.

"기억이 나지 않는다니 내가 다시 물어줬다. 자, 대답해 봐라. 너는 누구의 편이냐?"

황유극은 벼락이라도 맞은 듯 술이 확 깨어 황무기의 질문에 대한 답도 떠오른 상태였다. 그때 황유극은 분명히 황무기에게 '형님의 편'이라고 말했었다.

황유극은 미간을 찌푸리며 말했다.

"형님, 다시 생각해 보니 그 대답은 너무……."

"네가 감히 나를 희롱한 게냐? 그 지하 세계, 마치 저 세상처럼 어두운 곳에서 언제 요검이 또 나를 해할까? 요검만이 아니라 다른 외오각주들도 다 그런 게 아닐까 전전긍긍하던 나다."

요검이 황무기를 해하다니? 황평군은 처음 들어보는 말에 놀라 고개를 들었다. 오히려 황유극이 고개를 숙이고, 그런 동생을 보며 황무기는 분노에 찬 목소리로 말을 이었다.

"그래, 그때는 섭영귀를 제외하면 누구도 믿을 수 없었다. 누가 나를 찾아온다고 하면 내 숨통을 완전히 끊으려는 건지 의심부터 하던 시절이었다. 하지만 너라서, 내 동생이라서 너를 만났지. 너만은 믿을 수 있다고 생각했으니까."

"……."

"그래서 나는 네게 물었고, 너는 대답했다. 너는 내 편이라고. 삼제가 아니라 내 편이라고. 한데 지금 이건 뭐냐? 내 편이라는 네가 어째서 삼제와 술을 마시고 있는 건지… 말해봐라. 어서."

"형님, 그건 오해입니다. 그때 제가 분명 형님의 편이라고 했지만, 그건 어디까지나 아버님의 뒤를 이을 재목으로 누구를 지지하느냐는 질문에 대한 답이었습니다. 그 대답이 어찌 동기간을 가르는 선이 된단 말입니까?"

"흥! 말은 번지르르하니 잘하는구나. 하지만 어디 너도 죽을 고비를 넘기고서 그런 말이 나올지 볼까?"

"형님!"

황무기는 비참하기 짝이 없었다. 유일하게 믿었던 동생, 황유극에게 배신당했다는 기분을 지울 수 없는 것이다. 황유극의 성품이야 사파의 인물답지 않다는 말이 돌 정도로 성실하였으니 아마도 저 말은 대부분 옳을 것이다. 그러나 황무기는 곧이곧대로 받아들일 수 없었다. 그러기에는 너무 험한 일을 겪은 것이다.

그때.

구석에서 술을 홀짝거리고 있던 황지엽이 말했다. 혀는 잔뜩 꼬이고 목소리는 잠겨 있었다. 그러나 그 말에 담긴 뜻은 아주 명확하게, 세 형제의 귀에 전달됐다.

"거… 그만 좀 하시죠. 예?"

"…뭐?"

"엽아!"

"형님!"

형제가 각각 다른 배에서 나왔으나 같은 씨를 타고났으니 비슷한 외모를 가지고 있는 게 당연했다. 그런 세 사람이 동시에, 역시 자신들과 비슷하게 생긴 황지엽을 바라보며 소리쳤다.

술이 잔뜩 취한 듯, 황지엽은 벌겋게 달아오른 얼굴로 세 사람을 둘러보며 말했다.
　"왜? 내가 뭐, 끅! 못할 말이라도 했, 끅! 어? 했어? 했냐고?"
　황지엽은 꼬부라진 혀로 딸꾹질을 해가면서도 열심히, 아주 열심히 말했다. 황유극이 황지엽의 어깨를 잡고 흔들며, 또 황무기를 향해 웃으며 말했다.
　"야, 이 녀석아! 내가 술 작작 마시랬잖느냐! 하핫, 형님! 엽이 녀석이 많이 취했나 봅니다. 그러잖아도 오늘, 이 녀석 기분이 별로라고 해서 모인 자리였거든요."
　그러나 황유극의 말은 별 소용이 없었다. 황무기는 안광을 빛내며 말했다.
　"비켜라."
　황지엽이 제마성의 차기 성주로 자신과 비교될 만큼 빼어난 자질을 가졌다는 건 황무기도 인정하는 바이다. 그러나 이것은 그와 별개의 문제다. 취하든 취하지 않았든, 자신에게 불경을 저지르는 꼴은 두고 볼 수 없다.
　"형님, 이러지 마시고……!"
　앞으로 나서서 황무기를 달래려던 황유극의 몸이 기우뚱, 옆으로 밀렸다. 놀랍게도 황무기가 아니라 황지엽이 그를 밀친 것이다.

"아이, 거 참! 안 보이자나… 끅!"

황유극과 황평군을 양옆으로 밀치고, 방 가운데에 황무기와 황지엽이 마주섰다.

한 사람은 끓어오르는 분노를 애써 억누르고 있었고, 또 한 사람은 술에 취해 제 몸도 가누지 못해 서 있는 모습조차 위태로웠다.

두 형제의 키는 비슷했지만, 황지엽은 풀린 다리로 몸을 지탱하느라 무릎이 한껏 굽혀진 상태였다. 황무기는 황지엽을 내려다보며 말했다.

"네가 겁을 완전히 상실했구나. 뭐? 다시 한 번 말해봐라."

황지엽은 술에 취했으면서도 할 말은 한다는 듯, 고개를 들어 말했다.

"그만 좀— 예? 끅! 그만 좀! 하시라고요! 대체 왜! 너는 내 편이고, 나는 네 편이고. 이게 뭐냐고요… 대체, 응?"

퍽!

콰직!

꼬부라진 혀가 멈추자, 말릴 틈도 없이 황무기가 황지엽을 강하게 때렸다. 황지엽의 몸이 옆으로 날아가 방과 방 사이를 나눈 칸막이를 부수고 옆방을 뒹굴었다.

"엽아!"

"형님!"

황유극과 황평군이 놀라 소리쳤다. 황무기는 팔을 벌려 동생들을 막고 소리쳤다.

"움직이지 마라! 지금 움직이면, 그놈도 나의 적이다."

맏형의 추상같은 명령에는 알 수 없는 힘이 있었다. 황유극과 황평군은 자신도 모르게 제자리에 멈춰 섰다.

그런데 황지엽이 날아간 옆 방, 부서진 칸막이의 잔해 너머로 웃음소리가 들려왔다.

"크크큭, 큭큭! 크크크크큭!"

웃음소리의 주인은 당연히 황지엽이었다.

황무기에게 강하게 얻어맞고도 웃음이 나오는지, 황지엽은 한참을 웃었다. 이마에서 피가 흐르고 있었지만 개의치 않는 듯, 닦을 생각도 없이 뭐가 그리 좋은지 웃기만 하는 것이다.

"이놈이……!"

화가 머리끝까지 차오른 황무기가 성큼, 잔해를 넘어 황지엽의 앞에 섰다.

황무기는 황지엽의 멱살을 잡아 올렸다. 콧김이 닿을 듯 형제의 얼굴이 가까웠다. 황지엽에게서 강하게 풍기는 술내음을 맡으며, 황무기가 말했다.

"너 이 새끼… 외각주들이 네놈 하나 좋아한다고 그리 기고만장했냐? 어디, 지금 당장 내 손에 죽어도 그렇게 웃을 수 있나 도전해 볼 테냐?"

황무기가 무섭게 말했으나, 황지엽은 한 번 터진 웃음을 참지 못했다.

"크크크크크… 뭐? 외각주들이 나를 좋아해? 크크크크… 크큭, 큭, 크하하하하하핫!"

황지엽은 황무기에게 멱살을 잡힌 채 파안대소를 터뜨렸다.

'세상이 다 부질없고 미련한데, 그중에서도 미련하기로는 으뜸인 우리 큰 형님이 또 시비를 거는구나!'

생각할수록 뭐가 우스운지, 자꾸만 웃음이 나오는 것이다.

퍽!

콰콰쾅!

또 한 번. 황무기의 주먹이 황지엽의 안면을 강타했다. 황지엽은 뒤로 날아가 다시 벽을 부수고, 그 옆방을 나뒹굴었다.

이제 황무기도 분노가 폭발해 보이는 게 없었다. 황무기는 즉시 방을 건너 가 다시 한 번 황지엽을 잡아 일으켰다.

"너, 이 자식! 똑바로 말해! 네놈이 요겸에게 수작을 부리라고 사주한 거냐? 그런 거냐? 나를 죽이고, 네놈이 아버님의 뒤를 잇겠다고 그런 거냐? 말을 해라! 말을!"

바람 부는 날 널어놓은 빨래처럼, 황무기의 손아귀에서 흔들거리는 황지엽은 그저 웃음만 나왔다.

뭐? 요검에게 사주를 해?
외각주들이 나를 좋아한다고?
형을 죽일 만큼 제마성의 성주가 되고 싶으냐고?

"푸하하하하핫! 푸하하하하하!"
웃기지도 않는 소린데, 왜 이렇게 웃음이 나오는지 황지엽은 알 수 없었다. 취한 머릿속에 떠오르는 생각은 그저 하나뿐인데, 제마성의 성주 자리 따위는 머릿속에 들어 있지도 않은데!
"이 자식이!"
코피를 흘리면서도 뭐가 좋은지 웃는 황지엽의 얼굴을 도저히 볼 수가 없었다. 황무기는 다시 한 번 주먹을 들었다.
탁!
그런데 놀랍게도 황무기의 주먹이 허공에 멈췄다. 황지엽의 손이 막은 것이다.
"이놈이……!"
취한 몸으로 제 주먹을 막은 황지엽에게, 황무기가 이를 갈았다. 황지엽은 큰형의 손목을 잡으며 말했다.
"그게 그렇게 좋소?"

"뭐?"

"제마성의 성주라는 자리가 그렇게 좋냐는 말이오. 형제끼리 네 편 내 편 가르고, 주먹다짐할 만큼 성주라는 자리가 탐이 나느냔 말이오!"

웃으며 시작한 말이, 마지막에 이르러서는 고함으로 변했다. 동시에 황지엽은 황무기를 밀치고 두 발로 섰다. 취기가 오를 대로 오른 것이다.

"형님은 내가 지금 왜 술을 마시는지, 뭣 때문에 괴로워하는지 알기나 하시오?"

"이놈… 뚫린 입이라고 함부로 지껄이는구나!"

"그럼 막힌 입으로 지껄일까? 어쨌든 자꾸 그렇게, 어? 자꾸 남들도 자기처럼 생각하지 말란 말이오! 형님에게는 제마성의 성주가 되는 일이 생에서 가장 가치있는 일인지 모르겠다만 나는 아니거든. 어? 난 그런 거 관심없다고! 그런데 왜 자꾸 나한테들 그러는 건데? 부성주도 그러고, 관음지도 그러더니 이제는 형님까지 와서 이 난리요? 관심 따위 콩 한쪽만큼도 없소. 됐소? 이제 됐느냐고!"

황지엽이 버럭버럭 소리를 질렀다.

"그놈의 성주! 성주! 돼봤자 내가 원하는 건 가질 수 없단 말이다! 그런데 왜 자꾸 나한테 와서 난리인 건데? 대체 왜!"

우우우우웅—

소리지르는 황지엽을 앞에 두고, 황무기가 공력을 일으켰다. 황무기를 중심으로 바람이 불었다. 부서진 상이며 뭉개진 음식들, 깨진 접시들이 바람을 타고 방 안을 날기 시작했다.
"내 무슨 문책을 받더라도 오늘 네놈을 처리해야겠구나."
황무기가 독하게 말하고, 마천상야공을 일으켰다.
화아악!
요리나 접시들 같은 유형의 물체들이 나부끼는 가운데, 황무기를 중심으로 검은 기운이 피어올라 바람에 섞이기 시작했다. 그 모습을 뒤에서 보던 황유극이 소리쳤다.
"형님! 그만두십시오! 그건 너무 위험해요! 위험하다고요!"
그러나 황유극의 목소리는 황무기의 귓가에 들어오지 않았다. 연기처럼, 때로는 안개처럼 피어올라 방 안에 소용돌이치는 마천상야공의 기운은 황무기의 분노를 싣고 있었다.
휘몰아치는 검은 기운 너머, 황지엽의 눈에 총기가 돌아왔다.

*　　　*　　　*

"외오각주 중 네 분이 벌써 협의를 봤단 말이오?"
진첩결이 확인하듯 재차 물었다. 은삼교는 잔뜩 곤란한 얼굴로 몸을 이리저리 틀다가 결국 대답했다.

"그렇소."

"허어!"

진첩결은 탄성을 질렀다.

"아니, 어떻게 당신네 네 사람이 같은 생각을 하게 된 거요?"

외오각주 중 섭영귀를 제외한 네 사람.

즉, 관음지 허규, 항불, 혈랑도객, 요검 은삼교. 이 네 사람은 다음 대의 성주로 이미 황지엽을 정해놓고 그를 돕기로 했다는 것이 은삼교의 말이었다.

"삼공자를 보면 알 것이오. 그분이야말로 내 주군임을. 장차 무슨 일이 있어도, 삼공자가 있는 한 제마성은 건재할 거라고 내 맹세하리다."

은삼교는 그리고 얼굴을 찡그리며 말했다.

"아까도 봤겠지만 일공자는 아니오. 그자는 안 돼!"

"왜 안 된다는 거요? 다 같은 마왕의 아들인데?"

"이유 같은 건 모르오. 될 놈이 왜 되고 안 될 놈이 왜 안 되는지, 그런 걸 알아보는 데 딱 보면 보이는 거지 일일이 이유를 대야 하오? 이유를 못 대면 안 될 놈을 믿어야 하는 거요?"

관음지 허규나 혈랑도객이라면 합당한 이유를 몇 날 며칠이라도 댈 수 있을 것이다. 반면 항불이나 요검은 고작해야 이런 말밖에 못하리라고 쉬이 예상할 수 있었다.

"알겠소."

진첩결은 짧게 대답하고, 요검을 돌려보냈다. 은삼교는 이 일을 다른 각주들에게 말하지 말아달라 신신당부했고, 진첩결은 흔쾌히 그러마고 했다.

다른 사람을 통해 자신의 안목을 확인하는 것만큼 즐거운 일이 없었다. 자신이 그랬던 것처럼 외오각주 중 네 사람이 벌써부터 황지엽을 지지한다고 생각하니 절로 흐뭇해지는 것이다. 그에 더하여 비흑면주 방난화와 부성주인 진첩결 자신이 황지엽을 차대 가주로 낙점시켜 놓고 있으니, 네 명의 아들 가운데서는 가장 유리한 고지에 오른 것이다.

이제 본인만 결심하면 된다. 제마성의 성주가 되겠다고, 그 한마디만 하면 모두가 순조롭게 진행될 것 같았다. 다만 문제가 되는 것이 있다면······.

'그 요망한 것이······!'

이제 곧 마왕의 네 번째 부인이 될 여자.

황지엽의 문제는 바로 그녀, 서해영이었다.

*　　　*　　　*

콰앙!

마천상야공과 마천상야공이 충돌하자 폭음이 일고, 검은 회오리가 휘몰아쳤다. 창문에 바른 종이들은 모두 찢겨 나가고, 가느다란 창살은 부러져 성한 놈이 없었다.

　사상 초유, 마천상야공끼리 격돌하는 중심부에서 황무기가 놀라 소리쳤다.

　"이런 음흉한 놈! 이제껏 모두를 속인 거냐!"

　지금 황무기가 일으킨 검은 기운은 마천상야공의 제사단계에 이른 자만이 펼칠 수 있는 수법이었다. 그런데 황지엽이 지금 자신과 같은 수법으로 동시에 맞섰으니 놀랄 수밖에 없었다. 사람들은 아직도 황지엽이 마천상야공 제삼단계에서 헤매는 중이라고 알고 있었으니 말이다.

　쉐에에에에엑!

　마천상야공의 검은 기운이 휘몰아쳐 만드는 바람은 앞머리를 자꾸 이마와 붙게 만든다. 분노를 터뜨리는 황무기와 달리, 황지엽은 태연하게 앞머리를 떼어 넘겨가며 대답했다.

　"굳이 말을 안 했을 뿐, 속인 건 아니오."

　"이놈! 감히 나를 조롱해?"

　황지엽의 담담한 태도가 황무기를 더욱 분노케 했다.

　황무기가 작년 마천상야공의 제사단계를 완성했을 때, 그 소식을 들은 사람들은 모두 놀라움을 금치 못했다. 다들 역시 마왕의 장남이라느니, 천부적인 재능이라느니 하며 황무기를 칭송하였을 때 황지엽이 어떤 생각으로 그 꼴을 보고 있었을까?

　그에 생각이 미치자 견딜 수 없는 분노가 사지에 들끓었다.

반면 황지엽은 술이 다 깬 듯, 평소의 낯빛으로 돌아와 있었다.

아무리 술을 마셔도 현실은 변함이 없고, 세계는 나를 내버려 둔 채 달려가고 있다. 그러면서 내게도 뛸 것을 명령하니 나는 어쩌면 좋단 말인가?

파파팍! 파팍!
어차피 둘 다 같은 경지라 할 때, 마천상야공을 운용하는 것은 의미가 없었다. 휘몰아치는 검은 기운 속에서, 장자와 삼남의 공방이 펼쳐졌다.

공수의 비중은 팔 대 이. 황무기가 여덟 번 공격하면 황지엽이 두 번 정도 반격하는, 싸움은 그런 양상으로 흘러갔다.

다만 황무기의 패도적인 공세에도 불구하고 어느 한쪽으로 기세가 몰리는 일은 일어나지 않았다. 물론 수비에 좀 더 신경을 쓴 쪽은 황지엽이었지만, 그렇다 하여 황무기에게 유리하다거나 그 반대의 경우라고 말하기 어려웠다.

'이 녀석이!'
황무기가 속으로 부르짖었다. 아무리 치고 때려도 틈을 보이지 않는 것이다. 단순히 마천상야공의 문제가 아니라, 무공에 대한 황지엽의 이해도는 그의 나이를 생각해 볼 때 놀라울 정도였다.

 물론 황무기는 그보다 더 어리면서 훨씬 강한, 도저히 경험과 상식에 비추어 있을 수 없는, 있어서는 안 될 존재와 장력을 겨루어본 일도 있었다.

 패배의 아픔은 쓰리지만, 분명 그로부터 얻을 수 있는 것이 있었다. 무진총의 적막은 괴로웠고 회복 후 버틴 시간은 무의미했지만 무공의 수련에는 더할 나위 없이 좋은 환경이었다. 섭영귀에게는 어쩔 것이냐 소리쳐 놨지만, 실은 황무기는 그 기간 동안 많은 것을 얻었던 것이다.

 "......!"

 소나기처럼 내리던 공세가 뚝 끊기더니, 휘몰아치던 검은 기운이 황무기의 몸속으로 들어갔다. 이제 허공을 맴도는 검은 기운은 오롯이 황지엽의 것이었다.

 "하압!"

 그리고, 기합 소리와 함께 황무기가 일장을 내밀었다. 황무기의 손바닥에서 수십 가닥의 검은 기운이 일렁였다. 마치 제 의지를 가진 뱀처럼, 검은 기운들은 앞을 다투어 황지엽에게로 쏘아졌다. 마천상야공 제오단계의 수법이었다.

 그러나 오단계의 마천상야공을 펼치는 황무기의 날카로운 눈은, 곧 놀라움으로 커지고 말았다. 황지엽의 우장에서도, 마찬가지로 살아 있는 듯 수십 가닥의 기운이 일렁이고 있었다.

콰콰콰콰쾅!

오단계의 마천상야공, 그 동일한 힘이 충돌하자 폭음이 일었다.

휘이이이이잉!

충돌한 지점을 중심으로 회오리바람이 휘몰아치고, 그 여파로 그들이 있던 술집 위층의 칸막이들이 모두 무너졌다.

바람이 그치자, 방을 나누는 경계가 사라져 뻥 뚫린 층이 한눈에 들어왔다. 파손된 가구며 병풍, 깨진 접시, 흩어진 음식과 술 등으로 엉망이 된 가운데 경악으로 물든 얼굴의 황무기와 담담한 얼굴의 황지엽이 서 있었다.

"……."

"……."

누구도 말이 없었다. 어깨가 짓눌릴 듯 무거운 침묵이, 마치 조금 전 굉음과 바람은 꿈이라고 말하는 듯했다.

한참의 적막을 깨고, 황지엽이 입을 열었다.

"이게 다 무슨 소용이란 말입니까……."

설령 다음 대의 성주가 되어도, 원하는 것은 가질 수 없는 건 마찬가지인데.

황지엽은 다시 취기가 오르는지 비틀거리며 걸어나갔다. 황무기는 제자리에 서서, 엉망이 된 바닥을 헤쳐 나가는 황지엽을 잡아먹을 듯한 눈으로 바라보고 있었다.

고작 보름.

모용천이 종리세가가 안배해 놓은 수많은 군소방파들을 뚫고 산동성을 지나 강소성에 이르기까지 걸린 시간은 고작 보름이었다.

이는 종리창이 애초에 예정했던 한 달이라는 시간을 절반 이상 단축시킨 것이었다. 사실 이 시점에서 모용천의 무위를 정확히 측정하여 계획을 짠다는 것은 무림의 누구도 할 수 없는 일이었다.

정작 놀라운 일은 강소성에 들어서면서부터 시작됐다.

산동성에서 모용천의 발목을 잡았던 자들은 대부분 이류 이하의 군소방파였다. 돈만 있으면 움직일 수 있는 자들이었기에, 애초에 모용천의 심력을 소모하고 걸음을 더디게 하는 정도만 해줘도 성공인 자들이었다.

　하나 산동성에서와 달리 강소성에서는 종리세가가 돈이 아닌, 강소무림 패자의 자격으로 움직일 수 있는 문파가 자유로웠다. 따라서 이제부터 모용천이 부딪치게 될 자들은 산동성에서 만난 자들과는 질적으로 다를 수밖에 없었다.

　그런데 강소성에 들어선 모용천의 행보가 더욱 빨라졌다.

　몇 배나 더뎌야 하는 걸음이 빨라졌으니 종리창으로서는 이해할 수 없는 일이었다.

　원인은 두 가지였는데, 하나는 수십 차례의 싸움을 통해 모용천이 맨손으로 싸우는 법에 익숙해졌기 때문이었다.

　검 없이 맨손으로, 불살이라는 두 글자를 지켜가며 싸우기를 산동성에서만 삼십 회를 넘겼다. 생사를 놓고 싸우는 것도 물론 어려운 일이지만, 자신보다 한참이나 무공이 떨어지는 다수를 상대로 한 사람의 목숨도 빼앗지 않으며 제압하는 일도 그에 못지않게 까다로운 일이다.

　그럼에도 불구하고 모용천은 끝까지 맨손을 고집하였고, 불살의 신념을 관철했다. 그러면서 수십 번의 경험이 더해졌으니, 자연히 처음과는 비교할 수 없을 정도로 그러한 방식의 싸움에 능숙해졌던 것이다.

그러나 그보다 더 결정적인 두 번째 이유가 있었다.

더 이상 모용천은 직접적으로 관련이 없는 자들과 싸우기를 거부한 것이다.

"잡아라! 잡아!"

"겁쟁이 놈! 네가 그러고도 무림인이라고 행세할 수 있단 말이냐!"

"멈춰라! 거기 서라!"

등 뒤에서 갖은 조롱과 욕설, 비난이 퍼부어졌다. 일초지적도 안 될 자들에게 조롱거리가 되다니, 썩 반가운 일은 아니지만 그렇게 신경 쓸 일도 아니다.

모용천은 뒤에서 떠드는 자들을 무시하고 진기를 끌어올렸다. 빠르기로 치자면 당대제일이라는 도야객 이서곤에 견주어도 될뿐더러 지구력으로 따지면 오히려 능가한다. 그런 모용천이 경공을 펼치니 과연 누가 따를 수 있을까?

목숨보다 체면을 중요시하는 정파인들의 상식으로는 이해할 수 없는 일이었다. 따돌리는 거라고 말할 수도 있겠지만 어쨌든 모양새는 이 말 저 말 붙일 거 없이 도망치는 게 아닌가? 모용천이 상대도 안 될 적에게 등을 보일 거라고는 생각도 하지 못한 일이었다.

우스운 일이다.

모용천을 정파무림의 수치요, 공적으로 상정한 자들이 모용천에게 정파 무림인의 자세를 기대했다니 말이다.

'진작 이렇게 할 걸 그랬군.'

사실 모용천도 도망치는 편이 낫다는 걸 깨닫지 못하고 있었다. 아니, 평소대로였다면 걸어오는 싸움을 피하지 않고 일일이 응대했을 것이다. 실제로 산동성에서는 그리하였고.

그 싸움. 산동성을 통과하며 하루에 세 번 이상 벌어졌던 소모적인 싸움은 결과적으로 종리창의 의도대로 이루어졌다. 모용천을 어찌하진 못하여도 끊임없이 싸움에 빠지게 하여 그의 체력과 심력을 소모시키는 것이 목적이었으니 말이다.

그리고 그렇게, 연이은 싸움에 지쳐 몸도 마음도 엉망이 된 모용천이 아니었다면 강소성에서도 마찬가지로 걸어오는 싸움에 일일이 응하였을 것이다.

쉼없이 달린 모용천은 결국 그의 행적을 보고하는 서신보다 빨리 종리세가에 당도했다. 한밤중의 일이었다.

달보다 땅 위가 더 밝았다.

대체 몇 개나 되는지, 셀 수 없이 많은 횃불이 장원 곳곳을 밝히고 있었다. 보초를 서는 자들과 순찰을 도는 자들, 그 시간과 동선이 정교하게 짜여 있어 개미 새끼 한 마리도 담장을 넘을 수 없게끔 되어 있었다. 모용천의 행적을 놓쳐 보고가 끊긴 시점부터 종리세가는 이런 비상 체제에 돌입한 것이다.

그러나 며칠 동안 눈에 불을 켜고 밤을 샌 보람도 없이, 모용천은 도착한 바로 그 순간 정문으로 종리세가에 들어갔다. 밑도 끝도 없이, 아무런 계획도 없이 그저 문으로 걸어 들어간 것이다.

물론 알아서 열어줄 리 없으니 부수고 들어갈 수밖에.

콰쾅!

굳게 닫혀 있던 정문이 큰 소리를 내며 부서졌다. 그러잖아도 고요한 밤, 언제 올지 모르는 모용천을 대비해 며칠째 밤을 새워 긴장감 팽배한 종리세가의 장원이 삽시간에 시끄러워졌다.

"침입자다! 침입자!"

"정문으로! 정문이다!"

정문 안으로 한 발 들어온 모용천은, 무기를 들고 달려오는 종리세가의 무사들을 보며 목을 한 바퀴 돌렸다. 우두둑! 며칠째 달리기만 했더니 몸이 말이 아니다. 하지만 매번 걸어오는 싸움마다 피하지 않고 응했더라면 이보다 더 안 좋았을 것이다. 다소 지친 것만 제외하면, 산동에서보다 훨씬 좋은 상태였다.

"…해볼까."

모용천은 중얼거리고, 발을 세게 굴렀다.

쿵!

가볍게 발을 굴렀을 뿐인데 지축이 흔들리는 듯, 달려들던 종리세가의 무사들이 모두 멈춰 섰다. 동시에 모용천이 부수어 바닥에 넘어져 있던 정문의 한 조각이 그대로 공중에 떠올랐다.

휙!

수평으로 떠오른 문짝의 일부를, 모용천은 가볍게 밀었다. 백 관은 족히 될 문짝이 한데 뭉쳐 있는 무사들에게로 날아갔다.

"우와앗!"

"피해랏!"

다행인지 문짝이 날아가는 속도는 완만했다. 감히 받아낼 생각도 못하고 무사들이 사방으로 흩어졌다. 그렇게, 날아간 문짝이 연 길을 모용천이 따라 지나갔다.

쾅!

날아가던 문짝이 굉음을 내며 허공에 멈췄다. 모용천의 앞을 세 노인이 가로막고 있었는데, 그중 한 노인이 문짝을 받아낸 것이다.

"다들 물러나라!"

"제자리를 지켜라! 제자리를 지켜!"

 문짝을 받아낸 노인을 제외하고 양옆에 선 노인들이 고래고래 소리쳤다. 필요 이상으로 많은 아군은 오히려 적에게 도움이 된다. 종리세가의 무사들이야 다 훈련이 되어 있다지만 그것도 수준이 맞아야 가능한 이야기다.

 그보다는 모용천이 당당하게 정면돌파를 감행했다는 사실이 두려웠다. 세상에 어느 미련한 놈이 종리세가와 싸운다면서 문으로 들어올 것인가? 이렇듯 소란을 피우는 게 혹 양동작전은 아닌지 의심이 드는 게 당연했다.

"하압!"

 가운데 노인이 받아들었던 문짝을 모용천에게로 되돌렸다. 문짝은 모용천이 보냈을 때보다 빠른 속도로 날아갔다.

 콰쾅!

 모용천은 받는 대신 문짝을 말 그대로 박살냈다. 굉음이 종리세가의 장원을 진동시키고, 가루가 된 문짝이 허공에 떠올랐다. 부서진 문짝의 잔해 너머로, 세 자루 검이 번뜩였다.

"하압!"

 검을 들고 달려드는 노인들은 차례로 종리선(綜理鮮), 종리동(綜理銅), 종리철(綜理鐵)이라는 이름으로 죽은 전대 가주의 형제였다. 그러니 종리창에게는 백부가 되는 자들로, 일선에서 물러난 지 얼마 안 되는 장로들이었다.

육십 노인이 발하는 검기가 보통 매서운 게 아니다. 모용천은 소매를 휘둘렀다.
휘익!
소매가 일으킨 바람이 문짝의 잔해를 노인들에게 실어 날랐다. 몇몇은 잔해라기보다 작은 가시라고 불러야 했으니, 그 자체로 자연스럽게 암기의 구실을 했다.
"크윽!"
방향과 수를 예측할 수 없을 만큼 많은 가시가 날아들었다. 종리선과 종리철은 양옆으로 피하고, 중앙에서 달려들던 종리동은 도포 자락으로 드러난 살을 보호했다.
퍽!
가시를 박겠다고 들어 올린 도포 자락 위로, 가시와 함께 모용천의 발이 들이닥쳤다. 종리동은 안면에 일격을 당하고 뒤로 물러났다.
모용천은 뒤로 물러나는 종리동의 손목을 잡으려 했다. 일단은 검을 빼앗아야 없애 버려야지, 맨손으로 이 정도의 검수들과 싸우기는 부담스러운 일이다.
"이놈!"
종리동의 손목을 제압하기 전에, 양옆에서 날카로운 검격이 쇄도했다. 하나는 갈빗대 사이, 하나는 허벅지를 노리는 궤적이었다.

"흡!"

 모용천은 놀라며 몸을 띄웠다. 두 발을 모은 모용천의 신형이 지면과 수평이 되고, 위아래로 종리선과 종리철의 검격이 지나갔다.

 쉭!

 뒤늦게 정신을 차린 종리동의 검이 위에서 아래로 내려왔다. 허공에 수평으로 누운 모용천의 허리를 단번에 끊을 기세였다. 하나 그보다 빠르게, 팔을 지면으로 뻗어 지렛대를 얻은 모용천의 몸이 휘어졌다. 일자로 뻗은 긴 다리가 종리동의 뒷목을 가격했다.

 퍼억!

 종리동의 뒷목을 가격한 순간, 양옆에서 종리선과 종리철이 다시 한 번 검을 뿌렸다. 톱날 맞물린 톱니바퀴처럼 정교하기 짝이 없는 합격이었다.

 쉬익! 쉭!

 이번에는 비스듬히 사선으로, 피할 틈을 주지 않겠다는 의지였다. 모용천은 손가락으로 짚고 있던 땅을 튕기며 몸을 날렸다. 종리동의 뒷목을 강타했던 쭉 뻗은 다리가, 어느새 그의 목을 감으며 제 몸을 가져왔다. 목말을 탄 자세로 모용천의 몸이 종리동의 목 위로 올라왔고, 종리선과 종리철의 검은 허공을 갈랐다.

뒷목을 강타당한 시점에서 종리동은 이미 의식을 잃은 상태였다. 모용천이 그 위에 올라타자 무게를 감당치 못하고 종리동의 몸이 허물어졌다. 모용천은 재빨리 내려 뒤로 물러났다.

"삼제!"

삼형제 중 막내인지, 종리선은 종리동을 삼제라 부르며 걱정스레 외쳤다.

그 틈을 타 모용천의 신형이 종리선에게로 쏘아졌다. 어스름이 푸른 기운이 넘실대는 손바닥이 종리선의 가슴팍을 파고들었다. 채 닿기도 전에, 모용천의 일장이 가진 기운이 먼저 종리선의 앞섶을 파헤쳤다.

"이런!"

믿을 수 없이 강대한 장력에, 종리선은 저도 모르게 한 발 뒤로 물러났다. 그러나 이와 같은 고수간의 대결에서 당황하여 물러나는 것은 곧 패배나 다름없다. 쭉 뻗은 손바닥이, 여지없이 종리선의 가슴을 강타했다.

콰앙!

모용천의 일장을 맞은 종리선의 몸이 허공으로 날았다.

"형님!"

놀라 소리친 종리철의 운명도 다르지 않았다. 모용천의 장력에 휘말려, 종리철의 몸도 함께 떠올랐다.

"크아악!"

툭! 투툭!

하늘 높이 떠올랐던 종리선과 종리철의 몸이 차례로 바닥에 떨어졌다. 모용천을 중심으로, 의식을 잃은 세 장로가 삼각형을 이루고 있었다.

"……!"

"……!"

순간, 종리세가는 적막에 휩싸였다.

모용천을 둘러싼 무사들은 기백이 넘었지만, 다들 숨을 죽이고 지금 제 눈이 본 광경이 무엇인지 받아들이지 못하고 있었다. 사이사이 손에 들린 횃불 타는 소리만이 적막을 두드리고 있었다.

종리선과 종리철, 종리동 세 사람은 종리세가에서도 손꼽히는 고수들이다. 몇 안 되는 장로 급 중에서도 특히 이들은 세가를 지탱하는 기둥이나 마찬가지였는데, 그런 세 사람이 이토록 쉽게 무너진 현실을 받아들일 수가 없었던 것이다.

모용천은 고개를 돌렸다.

달빛을 받은 그의 안광이, 둘러싼 종리세가 무사들의 간담을 서늘케 했다. 이들 중 일부는 심양에서 모용세가의 장원을 불태우고 가주와 노복을 납치한 현장에 있었고 또 그 일에 가담했다. 모용천의 눈빛이 예사롭지 않게 보이는 게 당연했다.

"길을 터라!"

모용천의 눈빛에 놀라 움직일 줄 모르던 무사들이 퍼뜩 정신을 차렸다. 흐트러진 대형이 곧 일사불란하게 움직여 양옆으로 갈라졌다. 그 사이로, 낯익은 중년인이 모습을 드러냈다.

모용천이 결코 잊을 수 없는 얼굴.

종리세가의 가주, 종리창이었다.

"……."

종리창은 모용천을 보고, 그 아래 쓰러져 있는 세 장로를 봤다. 그들이 자신들로 충분하다 하였을 때 왜 좀 더 만류하지 못했는지 후회가 컸다.

세 장로가 먼저 모용천을 상대한다 했을 때 종리창은 난색을 표했지만, 한편으로는 그들이 제압할 수 있지 않을까라는 기대도 품었다. 어려서부터 봐온 백부들은 능히 천하를 호령할 수 있는 고수였다. 일선에서 물러난 지금도 세 사람의 합벽은 종리창도 당하지 못할 만큼 위력적이었다.

그러나 모용천 앞에서는 뒷방 늙은이에 불과했다. 이를 예상치 못한 것도 아니었는데, 고집을 이기지 못하고 내보낸 게 잘못이었다.

종리창은 입술을 깨물며 외쳤다.

"놈을 잡아라!"

"우와아아아아아!"

종리창의 명이 떨어지자 모용천을 둘러싸고 있는 종리세가의 모든 무사들이 달려들었다. 세 장로의 압도적인 패배로 위축되어 있었지만, 가주의 한마디에 다들 사기가 진작된 것이다.

파도처럼 밀려드는 종리세가의 무사들 틈으로 종리창의 모습이 비쳤다. 증오로 가득한 종리창의 안광은 극히 짧은 순간이었지만 모용천의 눈 속에 깊이 박혔다.

강호에 나와 싸우기도 많이 싸우고, 적도 많이 만들었다. 그러나 그들 중 누구도 자신에게 저토록 지독한 증오의 눈길을 보내지는 않았던 것이다. 무공의 고하를 떠나, 누구에게서라도 저런 증오의 대상이 된다는 것은 소름 끼치도록 무서운 일이다.

이렇게, 목전에 와 닿은 칼날보다도 말이다.

휘익!

잘 갈린 날이 모용천의 목 위를 지나갔다. 목을 한껏 뒤로 젖히며 모용천의 쌍장이 매섭게 움직였다. 모용천을 중심으로 한차례 바람이 불고, 바람의 방향을 따라 사람의 바다에 길이 나기 시작했다.

쉭! 쉬익!

손속에 사정을 둘 만큼 녹록한 상황이 아니다. 종리세가에 소속된 이라면 비록 허드렛일을 하는 하급무사라도 차원이 다르다. 이제까지 불살을 고집했던 방식으로는 위험할 수도 있는 것이다.

그러나.

검을 들고 달려드는 한 사내의 천령개를 향하던 우장은, 방향을 틀어 어깨를 내려쳤다.

퍽!

뇌수 쏟아지는 소리만 남기며 쓰러졌어야 할 운명이 모용천의 손바닥과 함께 방향을 틀었다. 사내는 바스러진 어깨를 부여잡으며 비명을 질렀다.

"으아악!"

모용천은 그를 밀치고 한 걸음 나아갔다. 그에게, 다섯 자루 검이 쏟아졌다.

쉐에엑!

오랜 시간을 들여 성실히 연마한 티가 역력한 합벽이었다. 모용천은 내심 감탄하며, 그러나 침착하게 아주 살짝 앞서 찔러오는 검의 면을 때렸다.

터엉!

고통에 몸을 떨며, 주인의 손을 떠난 검이 나머지 네 자루 중 두 자루의 진로를 방해했다.

채채챙!

미처 피하지 못한 두 자루 검은 자신들에게 날아온 동료와 엇갈리고 말았다.

"어엇?"

온전히 모용천의 몸에 당도한 검은 두 자루. 그러나 검의 주인들은 받아들이기 힘든 장면에 직면하여 의문사를 남발할 수밖에 없었다.

탁! 탁!

모용천의 양손이 두 자루 검을 마치 종잇장처럼 잡아챈 것이다. 정확히는 손가락 사이에 끼워 넣었다고 해야겠으나 그 순간 손목을 돌렸으니 웬만한 완력으로는 포착할 수 없었고, 그저 검이 맨손에 잡혔다는 인식만 남는 것이다.

휘익!

검을 제 몸같이 다루어 어떤 상황에서도 놓지 않는 것은 검수의 기본이지만, 이 기본을 지키는 자가 많지 않다는 게 현실이다.

그런 면에서 본다면 이 두 젊은이는 칭찬받아야 마땅하다. 그네들의 사부에게도, 모용천에게도.

모용천의 손목을 따라 검이 넘어가고 또 그 검을 쥔 두 젊은이가 따라 넘어갔다.

우당탕탕탕!

호기롭게 검을 내지른 또래의 다섯 청년이 한데 엉켜 넘어졌다. 동시에 모용천의 신형이 몇 장을 날았다.

 파파팍!

 모용천이 땅을 튕겨 뛰어오른 직후, 열 자루 가까이 되는 장창이 그 자리로 날아와 꽂혔다.

 "아악!"

 그중에 하나는 한데 엉켜 넘어진 청년 중 한 사람의 넓적다리에 꽂히기도 했다. 제 편에 당한 청년이 비명을 질렀다.

 모용천의 착지점에는 이미 종리세가의 무사들로 가득했다. 모용천은 공중에서 몸을 틀었다. 그의 다리가 교차하며 착지점을 만들어냈다.

 퍼퍼퍼퍼퍽!

 "으악!"

 "크헉!"

 모용천의 각법에 쓸려나간 자가 여섯. 모용천은 제자리를 찾아 내려섰다. 여지없이, 내려서는 모용천을 노린 자들의 검이 번뜩였다.

 치이익!

 팔뚝이 찢기고, 상처로부터 피가 배어 나왔다. 이빨을 드러내는 쇠붙이가 빗줄기처럼 쏟아진다. 이제야 첫 상처가 난 게 도리어 이상할 정도다.

꽝!

순간, 모용천이 강하게 진각을 밟으며 쌍장을 내밀었다. 쌍장은 각각 빈 공간을 향했다. 장력을 직접적으로 받아내지 않도록 하기 위함이었다. 대신 쌍장으로 인해 일어난 바람이 주변에 선 자들을 휩쓸고 지나갔다.

"으헉!"

"으아아악!"

휩쓸려 넘어지고, 더러는 날아가는 자들 틈으로 날카로운 검기가 쇄도해 들어왔다. 하나, 둘… 모두 여섯 자루 검이 흉흉한 기운을 흩뿌리며 서로 다른 방향, 다른 부위를 노리는 것이다. 그중 하나는 팔뚝에 상처를 낸 그 검이다.

휘익!

쌍장의 여력으로만 처리하고자 무리하게 공력을 끌어올린 탓일까? 모용천의 대응이 반 박자 느렸다. 다급히 밟은 보법이 다섯 자루의 검을 흘려보냈다. 그러나 한 자루 검만은 그를 놓치지 않았다.

서걱!

찢긴 팔뚝 위에 다시 한 번 검날이 지나가고, 배어 나오던 피가 흘러나오기 시작했다.

"크윽!"

결국 참던 신음을 뱉어내고, 모용천은 입술을 깨물었다.

'여기까지인가?'

강제없는 신념만큼 무너지기 쉬운 것이 없다. 하물며 신념이라고도 할 수 없는, 남궁미인의 죽음이 가져다준 충격의 찌꺼기인 불살의 결심이다.

"하앗!"

연이은 성공에 고무된 듯, 여섯 자루의 검이 다시금 모용천을 노리며 들어왔다. 그와 함께 가시가 돋는 것처럼 사방에서 날카로운 쇠붙이들이 튀어나왔다.

촤차차차착!

순간 대여섯 개의 자상이 모용천의 몸 위에 생겨났다. 불에 덴 듯, 화끈한 감각이 온몸을 타고 흘렀다.

'젠장!'

화끈한 감각이 그날을 되돌린다.

남궁미인이 겪었을 고통은 이보다 더했을 것이다. 더구나 그녀는 모용천처럼 고통에 익숙하지도 않았을 것이다.

그러니 두려움은 더 컸을 텐데.

모용천은 막연히 남궁미인의 속을 짐작해 봤다. 도대체 무엇을 생각했기에 이 고통을, 두려움을 외면하고 죽음을 택하였던 걸까?

도대체 무슨 생각으로 제 손으로 그 가는 목에 단도를 찔러 넣을 수 있었던 건지, 모용천은 아무리 생각해도 알 수 없었다.
그렇게까지 살려야 할 이유가 그녀에겐 있었는지, 아니면 살아야 할 가치가 나에게 있었는지.
아무리 생각해도 알 수 없었다.

"하아… 하아……."
거친 숨소리가 귓속을 두드린다. 마치 연주를 하듯 심장이 박자를 맞춰 뛴다. 평소보다 빠르게 흐르는 피가, 혈관을 터뜨릴 듯 압박한다.
"후……."
모용천은 깊은 숨을 내쉬어 심장을 억눌렀다.
옷은 넝마나 다름없이 헤어졌고 온몸은 상처투성이다. 자상만이 아니라 난전 속에서 허용한 주먹 하나, 발길질 하나가 전부 뼛속까지 파고들었는지 쑤시지 않는 구석이 없었다.
그래도.
두 발로 서 있는 것은 모용천이다.
고통을 감내할 의식이 있는 것도 모용천이다.
의식 잃은 종리세가의 무사들을 뒤로하고, 모용천은 장원 깊은 곳까지 들어와 선 것이다. 등을 때린 손목을 비틀고, 옆구리를 강타한 다리를 부러뜨리긴 했어도 누구 하나 목숨을 잃은 이 없었다.

끝내 불살의 결심을 깨지 않고 예까지 온 것이다.

"네놈이… 기어코……!"

종리세가의 수많은 씨족, 고용무사, 식객을 모두 물리치고 자신 앞에 선 모용천을 향해 종리창은 이를 갈았다.

모용천 또한 눈을 부릅뜨며 종리창에게 말했다.

"뭣 때문에 나를 그리 싫어하는지 모르겠지만 상관없소. 더 낼 사람이 있으면 내시고, 없으면 직접 나서시오. 아니면 내 아버지와 유 총관을 돌려주고 장원을 불태운 배상을 하시던가!"

구우우우웅—

모용천의 일갈이 종리창의 몸을 잡고 흔들었다. 아직까지 이 정도의 내력이 남아 있다니!

두 시진이 넘도록 쉬지 않고 싸운 모용천이다. 옷은 이미 해질 대로 해져 입으나 입지 않으나 다를 게 없었고 온몸은 상처투성이다. 쓰러져도 벌써 쓰러졌어야 정상인데, 어쩌면 저리도 지독하단 말인가?

채앵!

마침내 종리창이 검을 뽑았다.

눈부신 예기가 사방으로 퍼진다. 저 낯익은 기운은 한때 모용천의 손에서 춤을 추기도 했던 종리세가의 신물. 단목신검이다.

"……."

단목신검의 예기가 가슴을 찔렀다. 아니, 예기가 불러온 기억이 가슴을 찔렀다.

소탈하게 웃으며, 사람을 진심으로 대하던 자가 있었다.

친구라는 이름으로 부르지는 않았으나 정을 나누는 사이는 되었던 자가, 단목신검의 주인이었던 자가 모용천의 기억 속에서 되살아났다.

'종리 형…….'

종리상웅을 생각하자 가슴 한쪽이 아려왔다. 자신의 것도 아니고 가문의 신물이라는 단목신검을 선뜻 내주었던 자다. 살아 있다면 친구가 되었을, 그런 자다.

그런 종리상웅의 가문을 초토화시켰으니 마음이 편치 않은 게 당연하다. 더구나 고인의 부친이 지금 그 검으로 자신을 찌르려 하니 뭐라 형언키 어려운 기분이 들었다.

"네놈… 네놈이 아니었더라면! 내 아들이 그리 죽지 않았을 것이다! 그 녀석이 받았어야 할 찬사와 명예는 어디로 갔느냐? 모두 네놈이 잡아먹은 게 아니냐!"

종리창이 일그러진 얼굴로 소리쳤다. 그 또한 단목신검을 통해 잃어버린 아들을 떠올린 것이다. 하지만 그 말이 터무니없어, 모용천은 고개를 저었다.

"무슨 말인지 모르겠군. 찬사와 명예라니, 그게 다 뭐요? 내가 잡아먹어?"

"닥쳐라!"

일갈하며, 종리창이 달려들었다.

쉬익!

단목신검은 예기를 흩뿌리며 모용천의 가슴팍을 향했다. 생각보다 빠르고, 위협적이었다.

"흡!"

모용천은 숨을 들이쉬며 몸을 피했다. 일직선으로 날아든 단목신검이 모용천이 있던 공간을 뚫고 지나갔다. 잠시만 늦었더라면 허공이 아니라 가슴에 검이 꽂혔을, 위험천만한 순간이었다.

타앗!

위협은 순간이 아니었다. 모용천의 잔영을 지나쳤던 종리창이, 몇 장 떨어진 곳에서 몸을 돌려 바로 달려든 것이다. 모용천의 텅 빈 등으로 단목신검이 득달같이 날아들었다.

모용천은 빙글, 몸을 돌려 다시 한 번 단목신검을 피했다. 흩날리는 옷자락이 단목신검의 예기에 잘려 나갔다.

과연 종리창의 솜씨는 예리하면서도 노련해, 오대세가의

가주로 손색이 없었다. 여타 세가의 가주들이 다시 나기 힘든 고수였기에 묻혔을 뿐, 종리창 역시 절정고수 중 하나인 것이다.

그런 종리창의 손에서 펼쳐지는 종리세가의 비전, 번림칠검! 단목신검의 예기로부터 피어난 울창한 숲이 순식간에 모용천을 감싸 안았다.

한가득 흔들리는 나뭇잎은 허상이요, 그 실체는 검기이니 멋모르고 감상하다가는 다진 고기가 되어도 할 말이 없다. 모용천은 종리상웅의 번림칠검을 보았고, 또 앞서 상대한 세가의 인물들을 통해서도 보았으나 지금 종리창이 펼쳐 낸 것과 같은 것이 없었다.

촤차차착!

바람에 떨어져 흩어지는 나뭇잎처럼, 작고 예리한 검기가 한가득 날아 모용천을 덮쳤다.

"크윽!"

덮쳐 오는 검기의 일부는 몸으로 때우고, 치명적인 것들은 피해가며 모용천은 번림칠검의 숲을 **빠져나왔다**. 예상했다는 듯, 빠져나오는 길목에서 종리창이 단목신검을 번뜩이며 기다리고 있었다.

휘익!

하늘 높은 곳에서 모용천의 목으로 단목신검이 내려왔다.

피하기에는 늦었다고 판단한 순간, 두 손이 머리보다 빨리 움직였다.

타악!

모용천의 두 손바닥이 단목신검을 허공에 멈춰 세웠다. 공수탈백인(空手奪白刃), 맨손으로 검을 빼앗는 무공의 입문 수법이었다.

본래 공수탈백인은 시전하는 자와 당하는 자 간의 실력 차가 클 때에야 가능한 무공이다. 종리창 또한 오대세가의 가주, 절정고수인데 그의 검이 공수탈백인의 수법에 막힌 것은 실로 치욕적인 일이었다.

"……!"

회심의 일검이 가로막힌 종리창의 얼굴이 벌겋게 달아올랐다. 그러나 여전히 상황은 종리창의 편이다. 이대로 힘주어 내려치기만 하면 모용천의 목을 벨 수 있는 것이다.

우우우웅—

웅혼한 내력이 단목신검에 무게를 더한다. 종리창은 필생의 공력을 단목신검에 쏟았다.

"으음……!"

한편 단목신검을 잡고 있는 모용천의 사정도 썩 좋은 편이 아니었다. 종리창 수준의 검수가 휘두른 검을 공수탈백인의 재주로 막아낸 것은 실로 기적에 가까운 일이었지만, 그 뒤가

문제였다. 종리창은 잡힌 그대로 내려치려는 듯 공력을 있는 대로 끌어올리고 있었다.

반면 모용천은 두 시진 내내 모용세가의 구성원들과 싸우며 내공을 일부 소모한 상태였다. 내공뿐 아니라 피도 만만찮게 흘렸으니 온전하면 그게 사람일까?

물론 모용천이 사람답지 않은 것은 사실이나, 베이면 피가 나오고 피를 잃으면 죽는 게 확실하다. 평소대로 손속에 사정을 두지 않아도 어려운 싸움을, 어쭙잖은 불살의 결심을 지키느라 어려움을 자처하였으니 누구를 원망하랴?

뚝—

붉은 피 한 방울이 모용천의 볼 위에 떨어졌다. 면으로 막고 있다지만 단목신검의 예리함이 손바닥을 찢은 것이다. 더운 피가, 모용천을 일깨웠다.

"하앗!"

모용천은 짧게 기합 소리를 내며 손바닥을 힘주어 틀었다.

"어헉!"

종리창의 입에서 경악이 터져 나왔다. 모용천의 지금 상황이 어떨지 누구보다 잘 알고 있는 종리창이다. 지금쯤이면 단전의 진기가 바닥나 공력이고 뭐고, 움직이기도 힘들 지경이어야 정상이다. 그런데 지금, 모용천의 손바닥으로 전해지는 공력은 종리창을 압도하고도 남을 정도였다.

단목신검을 지배하는 힘의 방향이 바뀌고, 검을 따라 종리창의 몸이 바닥에 내동댕이쳐졌다.
우당탕탕!
동시에 단목신검도 종리창의 손아귀에서 빠져나와 모용천의 손으로 들어갔다.
"……!"
오랜만에 잡아보는 검의 감촉에 모용천은 절로 몸을 떨었다. 이대로 종리창을 베어버리면? 참을 수 없이 강렬한 유혹이 모용천을 덮쳤다.

베어버려. 뭘 망설이는데?

단목신검의 남다른 예기가 욕망을 부추긴다. 모용천은 속으로 갖은 욕설을 퍼부으며, 땅을 구르는 종리창을 향해 단목신검을 던졌다.
콰직!
무서운 속도로 날아간 단목신검은 종리창의 귀를 스치며 지면 깊숙이 박혔다. 피하는 등 미처 반응할 틈도 없는 빠르기였다.
"……!"
종리창의 얼굴에 핏기가 가셨다. 뒤늦게 인 죽음의 공포가 그토록 치욕스러울 수 없었다.

모용천은 끓어오르는 기혈을 애써 억누르며 말했다.

"다 끝났소."

과정은 힘들었지만 승리의 기쁨은 결코 크지 않았다. 오히려, 아직도 증오에 서린 눈길로 모용천을 올려다보는 종리창의 모습이 씁쓸하기만 했다.

"놈……!"

여전히 분이 풀리지 않았는지, 아니면 패배로 인해 더욱 증오가 커졌는지 종리창은 하늘을 향해 누워서도 이를 갈고 있었다. 이쯤 되면 독이 풀릴 법도 하건만! 증오를 굳건히 하는 의지가 존경스러울 정도였다.

모용천은 고개를 절레절레 흔들며 말했다.

"다 끝났소. 어서 두 분은 내놓으시오. 어서!"

"끝나긴 뭐가 끝났다는 게냐, 머리에 피도 안 마른 놈아."

귓가에 속삭이듯, 이 빠진 노인네 웅알거리는 소리가 가까이 들렸다. 위험을 느끼는 감각은 언제나 사고보다 앞서는 법. 모용천은 즉시 몸을 날렸다.

파파팍!

모용천이 있던 자리에 귀신이 할퀴고 간 듯, 날카로운 검흔이 일곱 개, 나란히 파여 있었다.

"이런이런… 쥐새끼 같은 놈일세그려."

"우리가 나서야 할 만큼은 아닌 것 같은데?"

"쯧쯧… 그러게 내 뭐랬나? 처음부터 우리가 나섰으면 이런 일은 없었을 것 아닌가? 이게 대체 무슨 망신이야, 이게……."

종리창으로부터 멀찍이 물러난 모용천의 앞에, 웅얼이는 소리로 말을 주고받는 일곱 개의 그림자가 나타났다. 하늘은 아직 어두웠지만, 그들이 모두 주름이 자글자글한 노인임은 알 수 있었다.

"아이고, 아이고! 이걸 이제 어쩌면 좋으냔 말이다. 이 나쁜 새끼들아! 우리 애가 도와달랄 때 진즉 도와줬으면 이런 일이 있었겠냔 말이다!"

"그건 늑이 놈 말이 맞다. 도와달라면 도와줘야지… 뭐가 귀찮다고 뒷짐이나 지고 앉았다가 이게 무슨 봉변이냐?"

"아니, 누가 한 놈한테 이렇게까지 당할 줄 알았나?"

노인들은 모두 키가 작고 손목은 여인의 것처럼 가늘었다. 각자 손에 든 검이 무거워 손목이 부러지지나 않을지, 걱정이 절로 들었다. 사실 겉으로 보자면 이런 자리에 나와 선 것부터가 걱정스러운 노인들이다.

그러나 누가 그들을 겉보기로 판단할 것인가?

백 살이 넘었대도 믿을 노인들은 하나같이 가공할 기운을 뿜어내고 있었다. 이들은 겉으로 실실 웃거나 아니면 울상을 짓고 있었지만, 그 속에서 모용천을 향해 쏟아지는 살기는 보통 사람이라면 감당조차 못할 정도였다.

"할아버님!"

종리창은 얼른 자리에서 일어나 노인들을 불렀다. 그러나 노인들은 모용천을 노려보느라 종리창에게 관심조차 없는 듯했다. 노인들 중 하나, 일전 세가의 집무실에서 종리창과 함께 있었던 노인이 뒤도 돌아보지 않고 말했다.

"얼른 가라, 얼른!"

그 말을 들은 종리창은 대답도 하지 않고 등을 돌렸다.

"기다렷!"

모용천이 크게 위치며 뛰었다. 그 앞을, 노인과 검들이 가로막았다.

쉭! 쉬익!

평범하지만 날카로운 초식들이 모용천을 압박했다. 번잡한 수식 없이 최단거리로 급소를 노리는 담백한 검이 일곱 자루였다.

"큭!"

일곱 가닥 검기가 그물처럼 한데 얽혔다. 모용천은 다시 뒤로 물러날 수밖에 없었다.

"기다려!"

외쳐 봤지만 종리창은 뒤도 돌아보지 않고 사라졌다. 다시 외치기 전에, 노인들의 검이 모용천을 노렸다.

쉬익! 쉭!

'이런 자들이 왜 이제야 튀어나왔단 말인가!'

감히 맨손으로 받아낼 생각을 못하고 연신 뒤로 물러나기만 하며, 모용천은 속으로 부르짖었다. 말마따나, 이 정도 고수가 일곱이나 있다면 진즉에 나왔어야 마땅하다. 어째서 모두 당하고 난 뒤에야 나왔단 말인가?

"…크헉!"

간신히 다스렸던 기가 다시금 역류하고, 끝내 검은 피가 되어 입으로 나왔다. 돌처럼 굳은 피가 가슴팍을 맞고 땅으로 떨어졌다.

"곧 죽을 놈이구나!"

"낄낄!"

누군가는 탄성을 지르고, 누군가는 웃음을 흘렸다.

더불어 엄습해 오는 검기!

모용천은 아득해져 가는 정신을 간신히 붙들고, 다시 한 번 억지로 공력을 일으켰다.

휘익!

모용천을 노리던 노인들의 검이 허공을 갈랐다. 동시에 모용천의 신형이 미끄러지며 노인들을 지나쳤다.

도야객의 독문 신법, 월공도야였다.

"크윽!"

 노인들을 지나쳐 오자마자 극심한 통증이 일었다. 구석구석, 남은 공력을 긁어모아 겨우 펼쳐 낸 월공도야다.

"어라?"

"허어!"

"이놈 보게?"

 노인들은 저마다 다른 탄성을 질렀다. 백 살이 넘은 그들의 눈에도 도야객의 월공도야는 이제껏 보지 못한, 절묘한 신법인 것이다.

 노인들을 뒤로하고, 모용천은 어둠을 향해 몸을 날렸다.

 종리창.

 종리창을 잡아야 했다.

"쿨럭!"

 치밀어 오르는 욕지기를 견디다 못해, 다시 한 번 굳은 피를 토해냈다. 모용천은 입가를 닦지도 않고 달려나갔다.

 한시라도 빨리 종리창을 잡아야 한다.

 설명할 수 없는 예감. 직관이라고도 부르는 그것이 모용천의 심장을 방망이질했다.

 종리세가의 장원 깊은 곳은 여러 개의 높고 낮은 건물들이 번잡스럽게 모여 있었다. 이 중 어디로 들어갔는지, 종리창의 흔적이 끊겨 있었다.

"흐응! 빠져나갈 수 있을 줄 알았느냐?"

언제 따라붙었는지, 노인의 목소리가 귓가를 간질였다. 모용천은 대경하여 달리는 힘 그대로, 방향을 바꿔 몸을 날렸다.

파파팍!

모용천이 있던 곳에 검기가 난무했다. 일곱 가닥 검기가 예측할 수 없는 방향으로 튀며 모용천의 잔상을 산산조각 냈다.

"쯧!"

"허어!"

누군가는 아쉬워하고, 누군가는 감탄한다.

가뜩이나 비슷하게 생긴 노인들이다. 겨우 윤곽만 확인할 수 있는 어둠이 일곱 노인을 더욱 기괴한 존재로 덧칠하고 있었다.

그들의 존재는 괴이했으나 무공은 현실이었다. 그들의 검은 이미 검격이 아닌 검기의 영역에 달했으니, 지금의 모용천으로서는 하나도 당해내기 힘든 상대였다.

그런 자들이 일곱이니, 이를 어찌해야 좋단 말인가?

쉐에엑!

다시 한 번, 일검이 모용천을 핍박해 들어왔다. 아니, 일검이 아니다. 여섯 가닥 검기가 그 뒤를 따르고 있다.

'이런 징그러운!'

웬만해서는 피하기 어렵다! 모용천은 다시 한 번, 억지로 공력을 일으켰다.

스르륵!

얼음을 지치듯 모용천의 신형이 검기들 사이로 빠져나왔다.

쉬익!

그러나 그 순간, 기다렸다는 듯 일부의 노인들이 검로를 변경했다. 꼬리를 물고 일직선으로 날아가던 검기들이, 사방으로 흩어지며 모용천의 앞을 가로막았다.

미끄러지던 모용천은 다급히 몸을 굴렸다. 흩어지던 검기 중 하나가 모용천의 어깨를 긁고 지나갔다.

"크윽!"

왼쪽 어깨에 긴 상처를 남기고, 모용천의 몸이 겨우 노인들의 포위망을 빠져나왔다.

'못쓰겠군.'

왼쪽 어깨에 남은 상처가 깊다. 가만히만 있어도 극심한 통증이, 움직이는 것은 무리라고 외치고 있었다.

"이것 참… 보면 볼수록 신기한 놈일세."
"이런 놈이 모용세가에서 나왔다고? 허어!"
"놀랄 노 자구나!"

더 이상 움직이지 못하고 앉은 모용천을 돌아보며, 노인들이 한마디씩 주고받았다. 그중 한 노인이 모용천에게 물었다.

"네 이름이 무엇이냐?"

피 흘리는 도중, 묻기에는 늦은 인사다. 그러나 조금이라도 숨을 돌릴 수 있다면 그것으로 족하다. 모용천은 억지로 내력을 일주천하며 대답했다.

"후배의 이름은 알아서 뭐 하려고 그러시오?"

"얼씨구? 이놈 말하는 본새 좀 보소?"

"버르장머리없는 게 딱 모용씨로구나! 모용씨야!"

"암! 그 핏줄이 어디 가겠냐? 고스란히 있구만!"

모용천을 완전히 잡았다고 생각했는지 노인들은 두런두런, 난데없는 이야기꽃을 피우고 있었다. 그 내용 대부분이 모용세가에 대한 이야기였다.

"저 눈! 그래, 저 눈 어디서 많이 봤다 했더니 그놈의 눈이로구만."

"그놈이라니?"

"왜 그놈 있잖나. 모용⋯ 뭐였지?"

"모용요? 모용길? 왜 그때는 몇 놈 있었잖아?"

대답이 돌아오자 의아해하던 노인이 손뼉을 치며 좋아했다.

"그래, 맞다! 모용길! 모용길이었지, 그놈!"

뭐가 좋은지, 노인은 손뼉까지 쳐가며 시원하게 웃더니 모용천에게 물었다.

"야, 이 녀석아! 너 모용길 놈과는 무슨 사이냐?"

신경 쓰지 말고 시간이나 벌며 공력을 끌어올리던 모용천이지만 더 참을 수 없었다. 저들이 누구인지는 모르나 조상을 함부로 부르는 행태를 어찌 참고 볼 것인가?

"증조부의 존명을 함부로 부르지 마시오!"

모용천의 화가 도리어 흥을 돋우었는지, 노인은 다른 노인들을 돌아보며 말했다.

"어허! 이것 봐라! 내 뭐랬냐? 저놈 눈이 딱 모용길, 그놈 짝이랬지? 피는 속일 수가 없어요, 속일 수가 없어!"

"끌끌, 저런 미련한 놈! 야, 이놈아! 저놈이 모용씨랬으니 모용길 놈의 자손인 게 당연하지 않냐! 으이구, 저 미련한 놈!"

"저놈 저러는 게 어디 일이십 년이냐? 쯧쯧!"

"원래 궁금한 건 그게 아니었지 않나?"

중구난방, 이야기가 옆으로 새던 중 한 노인이 중심을 잡았다.

"모용길이 놈 얘기가 나온 건 저놈이 모용씨가 맞는지, 신기해서 그런 거 아니냐? 어이, 꼬맹아! 네 어미는 성씨가 무엇이냐?"

"뭐요?"

워낙 뜬금없다 보니 대답할 생각도 못하고 모용천이 반문했다. 그렇게 생각한 것은 다른 노인들도 마찬가지였는지, 여기저기에서 타박이 튀어나왔다.

"야, 그게 뭔 소리냐? 갑자기 저놈 어미 성은 왜 궁금해?"

"끌끌, 저놈이 기어코 치매가 왔구나, 치매가 왔어!"

그러나 갖은 구박에도 굴하지 않고, 노인은 꿋꿋이 말했다.

"쯧쯧! 네놈들이 내 깊은 속을 어찌 알겠냐?"

"뭐? 깊은 속?"

"대체 어디가 깊다는 것이여?"

"야, 이놈들아, 모용길이 생각을 해봐라! 그놈도 그렇고, 그 형제 놈도 그렇고. 어디 무공에 자질을 타고난 놈이 있었냐?"

"……."

노인들은 갑자기 꿀 먹은 병아리처럼 입을 다물었다. 그러면서 서로의 얼굴만 보는데, 아무도 반론을 찾지 못하는 것이었다. 먼저 말을 꺼낸 노인은 의기양양해하며 제 할 말을 이었다.

"내 알기로 그 뒤로도 모용씨 중에 무공의 자질을 타고난 놈이 없다고 아는데, 저놈은 딱 봐도 그게 아니지 않느냐! 그럼 당연히 지 어미 쪽 자질을 받았을 게 아니냐. 생각을 좀 해라, 생각을!"

"아하!"

"허어, 듣고 보니 그렇구만?"

"어이, 꼬맹아! 나도 궁금하다! 느이 어미는 어느 잘난 가문에서 시집왔더냐?"

어찌 사람의 면전에 대고 이러한 말을 퍼부을 수 있단 말인가? 모용천은 화가 난다기보다 기가 막히고, 놀라움이 앞섰다. 사람이 나이를 먹고 세상의 이치를 깨달아갈 때면 제 마음속에서 나보다 남이 앞서게 마련이다. 특히 오래 산 노인들은 대부분―물론 그렇지 않은 노인도 있을 것이나――자신이 존중받는 만큼이나 남을 배려하게 마련인데, 지금 모용천의 앞에 선 노인들은 나이를 먹다 못해 단체로 치매가 왔는지, 어린아이보다 못한 언동을 보이는 것이다.

게다가 놀라운 것은 노인들의 말속에 나온 모용길이 모용천의 증조부라는 사실이었다. 이들이 모용길을 실제로 본 듯이 말하고 있으니 대관절 나이가 얼마나 들었단 말인가?

생각이 그에 미치자, 모용천은 속으로 짚이는 바가 있었다. 과거, 모용세가의 쇄락기와 맞물려 종리세가의 전성기를 가져 온 일곱 명의 절정고수가 있었다.

종리세가의 전성기를 이끌고, 마침내 오래도록 이어온 오대세가의 한 자리를 바꾸는 쾌거를 이룩한 자들. 모용세가의 입장에서는 자다가도 벌떡 일어날 만큼 이가 갈리는 자들.

종리세가의 독문절기에서 따온 이름, 번림칠자(繁林七子)가 바로 그들이었다.

모용천이 조심스럽게 물었다.

"혹시 번림칠자라는 분들이 아니오?"

모용천이 묻자, 노인들 중 일부는 반갑다고 손뼉을 쳤고 일부는 고개를 갸우뚱거렸다.

"뭐? 번림… 뭐?"

"그게 뭐냐? 먹는 거냐?"

"야, 이 멍청한 놈아! 우리가 번림칠자 아니냐!"

어쩌면 일부러 그러는지도 모른다고 생각될 만큼, 노인들의 언동이 우스꽝스러웠다. 그러나 모용천의 마음속에서는 더욱 큰 경계심이 자리 잡고 있었다.

저들이 번림칠자가 확실하다면, 각자 적어도 백 세는 훌쩍 넘겼을 것이다. 그것만으로도 충분히 경이로운 일인데, 펄쩍펄쩍 뛰어다니면서 검기를 뿌려대니 이런 일이 천하에 다시 있을까 싶었다.

현죽림에서 만난 정문이라는 여인은 이들보다 훨씬 나이가 많을지도 모르지만 경우가 다르다. 사술로 젊음을 연장하는 것과 심후한 내공으로 늙어서까지 건강을 유지하는 것이 같을 수 없지 않은가.

"으이그, 미친 놈. 끌끌······."

다만 몸의 건강과 마음의 건강이 항상 함께하란 법은 없다. 이 노인들이야말로 좋은 예시가 되어주고 있지 않은가? 노인들 중 누군가 자조하여 내뱉은 말처럼, 이들의 행태는 정상보다는 광기에 가까웠으니 말이다.

노인들이 저들끼리 나누는 잡담은 어느새 언쟁으로 바뀌어 있었다. 오히려 언쟁을 벌여야 하는 건 모용천 쪽이건만! 일곱 노인의 목소리는 높았고, 더러 이 빠진 이들의 웅얼거리는 소리와 바람 새는 소리가 섞여 대체 무엇을 두고 다투는지조차 알 수 없는 지경이 되고야 말았다.

어쨌든 이들은 다 잡았다고 생각했는지 모용천 쪽으로는 눈길도 돌리지 않고 저들끼리의 언쟁에 여념이 없었다. 어이없는 일이지만 모용천의 입장에서는 더할 나위 없이 고마운 일이다. 속이 좀 뒤틀리긴 하지만, 모용천은 꾹 참으며 공력을 키워 나갔다.

그때, 머리 위에서 웃음소리가 들려왔다.

"크하하하핫! 크하하하하하핫!"

섬뜩한 광기로 가득한 웃음소리. 모용천만이 아니라 노인들 모두 놀라 고개를 들었다.

그들을 둘러싼 종리세가의 건물들 중 하나.

오층은 족히 넘을 탑 위 돌출된 부분에서 종리창이 웃고 있었다. 그의 한 손에는 검이, 다른 한 손에는 장년의 사내가 잡혀 있었다.

　무엇을 보고 있는지 알 수 없는 초점없는 눈.

　힘없이 늘어뜨린, 제 기능을 마지막으로 수행한 게 언제인지도 알 수 없는 팔다리.

　"아버님!"

　모용천의 고함 소리가 종리세가를 뒤흔들었다.

"아버님!"

모용천이 크게 소리쳤다. 공력이 실리지 않은, 그저 목으로 낸 울부짖음이었다.

종리창은 마치 인형처럼 가볍게 모용담을 들고, 다른 손에는 미처 챙길 틈 없던 단목신검 대신 다른 검으로 모용담의 목을 겨누고 있었다.

뜻밖의 광경에 놀라 보이지 않던 것도 따라서 눈에 들어왔다. 종리창의 옆, 탑의 돌출된 부분의 난간에 기대고 있는 노인, 유 총관이다.

"유 총관!"

모용천은 다시 한 번 다급히 소리쳤다. 아직도 정정하건만, 유 총관은 모용천의 부름에 반응조차 보이지 않고 모용담처럼 축 늘어져 있었다. 난간에 팔을 걸치지 않았다면 금방이라도 바닥에 미끄러질 듯 위태로운 모습이었다.

"대체… 대체 무슨 짓을 하는 거요!"

모용천이 크게 소리쳤다. 이번에는 종리창을 향한 물음이었다. 종리창은 광기 어린 미소를 지으며 대답했다.

"내가 무슨 짓을 할 것 같으냐? 지금 이 모습을 보고도 짐작이 안 가느냐?"

놀란 것은 모용천만이 아니었다.

번림칠자들도 종리창의 모습에 놀란 듯, 마구잡이로 떠들어댔다.

"아니, 저게 지금 뭐 하는 거야?"

"야! 이놈아! 너 지금 거기서 뭘 하자는 거냐!"

"아니, 저게… 저거, 저거……!"

종리창이 지금 무슨 짓을 하려는 건지 당연히 모를 리 없다. 모르는 게 아니라 믿을 수 없는 것이다.

오대세가의 일원. 대종리세가의 가주가 인질을 잡고 상대를 굴복시키려 한다는 사실을, 비록 두 눈으로 본다 한들 누가 곧이곧대로 받아들인단 말인가?

모용천이 소리쳤다.

"어리석은 짓은 하지 마시오! 두 발로 서지도 못하는 분께 그 무슨… 당장 그 칼 치우시오! 어서!"

마음이 이렇게 뛸 수가 없었다. 아버지 모용담의 뼈만 남은 목 근처를 맴도는 칼날이, 모용천의 심장을 사정없이 치고 또 쳤다. 잠깐 새, 피가 온몸을 몇 번이나 도는지 모를 지경이다.

종리창을 반드시 잡아야 한다는 직관은 이것을 경고한 것이었나?

종리창이 웃으며 소리쳤다.

"크하하하핫! 다급해졌느냐? 안색이 영 좋지 않구나!"

그리 내공을 소진하고 피를 흘렸으니 안색이야 당연히 좋지 않다. 그러나 지금 종리창이 기꺼워하는 까닭은 모용천의 얼굴에 이제껏 보지 못한 다급함이 서려 있었기 때문이다.

그런 종리창의 마음을 알 리 없다. 모용천은 다시 한 번 소리쳤다.

"어쨌든 당장 그만두시오! 그 칼 치우시오! 어서!"

아래에서 고래고래 소리를 질렀지만 그런 모습이 오히려 종리창의 마음을 흡족하게 만들었다.

"야, 이 녀석아! 지금 그게 뭐 하는 짓이냐?"

"저게 미쳤나? 세가 망신은 다 시키는구나!"

종리창의 행동에 놀란 것은 모용천뿐이 아니었다. 충격에서 깨어나자 번림칠자들은 너나 할 거 없이 종리창을 욕하기 시작했다. 그러자 종리창이 소리쳤다.

"조용히 하시오! 저 다 죽어가는 놈 하나 잡지 못하셨으면서 무슨 말이 그리 많소!"

"아니, 저 후레자식 놈이!"

"뭐? 잡지를 못해? 지금 당장 잡아볼까?"

종리창의 불경한 말에, 번림칠자들이 길길이 날뛰었다. 그러나 종리창은 개의치 않는다는 듯, 태연한 얼굴로 다시 아래를 향해 소리쳤다.

"어르신들이 저놈을 몰라서 그러시는 말씀이오! 놈의 아비를 잡고 있는 동안 어서 저놈을 처리하시오! 어서!"

번림칠자들은 종리창의 말이 무슨 뜻인지 몰라 서로를 돌아봤다. 그들은 이미 모용천을 잡았다고 생각하고 있었는데, 종리창이 다시 잡아 처리하라고 하니 영문을 알 리 없었다.

"처리하라니? 뭘?"

"처리?"

모용천도 무슨 소린지 몰라 종리창을 올려다봤다. 어느새 어둠이 물러가고, 희미하게 비치는 새벽 하늘 아래 종리창이 소리쳤다.

"팔! 일단 팔 하나를 거두시오!"

"……!"

광기에 찬 종리창의 외침이 모두의 가슴에 파문을 일으켰다. 번림칠자들이 즉시 반발하며 나섰다.

"그런 법은 없다! 대체 무슨 소릴 하는 거냐!"

"목숨을 거두면 거두었지, 상대를 묶어두고 무슨 치욕을 주려는 게냐! 네가 세가의 이름에 먹칠만 하는 게 아니구나!"

"어디 저런 놈이 가주라고!"

조부 뻘 장로들의 비난에도 아랑곳없이, 아니, 오히려 더 뻔뻔한 얼굴로 종리창이 응대했다.

"아까도 말했지만 어르신들이 저놈을 모르셔서 하는 말씀이오! 저놈이 얼마나 악랄한 놈인지 모르셔서 하는 말씀이란 말이오! 저놈 탓에 내 아들, 어르신들의 중손주가 죽었소! 그것만이 아니오! 오대세가의 자리를 탐하며 언제든지 본 세가의 목을 조를 기회만 노리는 놈이외다! 살려두어서는 안 될, 아주 악질 중의 악질이 그놈이란 말이오!"

"아무리 그래도 어찌 사파의 무리들이나 할 짓을 우리더러 하라는 게냐!"

번림칠자 중 누구도 종리창의 말을 납득하지 않았다.

종리창이 재차 말했다.

"그놈 때문에 세가가 멸절해도 괜찮소? 지금도 보시오! 저놈은 홀로 능히 세가의 명을 끊을 수 있는 놈이란 말이오!"

"아니, 그렇다 해도……."

번림칠자들이 아무리 배분 높은 장로라 하지만 가주의 명은 절대적이다. 종리창이 이토록 강경히 나오자 번림칠자들도 어찌할 바를 모르고 있었다.
그때.
"자르시오."
모용천이 오른팔을 내밀며 나섰다.
"……?"
번림칠자들은 무슨 영문인지 몰라 서로를 돌아봤다. 어느 세상에 제 팔을 자르라고 갖다 대는 자가 있단 말인가? 모용천은 종리창을 향해 소리쳤다.
"내 팔과 바꾸자면 바꾸겠소! 아버님을 놓아주시오!"
"크하하하핫! 자, 보셨소? 스스로 팔을 잘라달라는데 무얼 망설이시오들? 어서 자르시오!"
모용천이 상처투성이 팔을 내밀자 번림칠자들은 질색을 했다.
"야, 이 녀석아! 너 미친 거 아니냐?"
"허어! 이걸 효자라고 해야 할지 실성했다고 해야 할지!"
"어허! 거둬라, 거둬! 당장 거둬!"
"그러지 말고, 어서!"
팔을 잘리겠다는 자가 적극적인데 오히려 잘라야 할 자가 뒤로 물러나는 격이었다. 번림칠자 중 누구도 모용천의 팔을 자르겠다 나서는 자가 없었다.

그러자 협박의 방향이 바뀌었다.

"당장 자르시오! 그렇지 않으면 이자의 목숨은 없소!"

종리창이 고함을 지르며 모용담의 목에 검을 한결 가까이 가져갔다.

"……"

"……"

실소를 금할 수 없는 상황인데, 웃음이 나오지 않았다. 모용천도 번림칠자도 어찌할 수 없는 상황이었다.

"젠장!"

기어코, 번림칠자 중 한 노인이 앞으로 나섰다. 노인은 검을 들고 모용천에게 말했다.

"나는 번림칠자 중 첫째, 종리환(綜理煥)이라고 한다. 일이 이렇게 되었으니 나를 원망하지 말거라."

그러자 그의 뒤에서 나머지 여섯 노인이 성내며 외쳤다.

"저놈 보게? 누구 마음대로 첫째야, 첫째가?!"

"아니, 저게 대체 무슨 망발인가? 여기 맏이가 눈 시퍼렇게 뜨고 살아 있거늘!"

"저놈이 나보다 어린 건 확실한데… 허어!"

그러자 자신을 종리환이라고 밝힌 노인이 뒤돌아 외쳤다.

"그러면 대신 나서서 이 팔을 잘라라! 내 기꺼이 첫째 자리를 양보하마!"

 사실 왕년에 그들이 벤 팔의 수만 해도 어마어마한 숫자일 것이다. 그러나 그것은 모두 치열한 싸움 끝에 획득한 전리품이었지, 지금처럼 상대에게 금제를 걸어놓고—그것도 인질이라는 아주 저급한 방법으로—취한 경우는 없었던 것이다.

 종리환이 첫째라는 데에는 다들 불만이었지만 그렇다고 모용천의 팔을 자르고 싶지는 않았는지, 번림육자는 금세 얼굴을 바꾸고 딴짓에 열중했다. 종리환은 그럴 줄 알았다는 듯 혀를 차며 모용천에게로 고개를 돌렸다.

 "한 번에 죽는 게 편할 터인데… 아쉽구나!"

 모용천은 쓰게 웃었다.

 "그렇다고 부친을 버릴 수야 없지 않소."

 그리 말하는 모용천의 머릿속은 더할 나위 없이 복잡했다.

 두 발로 선 아버지는 기억 속에 희미하다. 모용천에게 있어 아버지란, 언제나 누워 있는 존재였다. 스스로 먹지도, 마시지도 못하는 처지. 배변도 마찬가지로 항상 누군가의 손이 필요한 것이 아버지라는 존재였다.

 그러나 아버지가 그렇게 된 데에는 이유가 있었다.

 세가의 영화를 수복하겠다는 일념.

 그 하나만을 바라보고 무공 연마에 열중하던 중 주화입마에 들었다는 모용담.

주화입마는 모용담을 하나의 상징으로 만들었다.

세가는 반드시, 과거의 영화를 수복해야 할 대상이었고 모용담 이후 모용의 이름을 가질 자들에게 생의 목표란 오직 그 하나일 수밖에 없다는 상징 말이다.

때문에 아버지는, 어느 순간에는 어깨를 누르는 짐. 그 이상도 이하도 아니었다. 모용천은 때때로, 아버지가 이대로 살 바에야 죽는 편이 훨씬 낫지 않겠나 하는 생각을 품기도 했었다.

그러나 막상 이런 상황에 부딪치자 선뜻 팔을 내놓을 수 있으리라고는, 모용천 자신도 몰랐던 일이다.

아아, 그랬었나?

모용천은 문득 남궁미인을 떠올렸다.

그녀가 어째서 죽음을 택하였는지, 어째서 모용천을 살리고자 했는지 알 수 없었다. 어떻게 그 큰 두려움을 떨치고 제 목에 칼날을 밀어 넣었는지 알 수 없었다.

그런데 지금, 선뜻 팔을 내민 순간 모용천은 그런 생각이 들었다.

두려움이란 애초에 없었구나.

내 생명으로 사랑하는 이를 살릴 수 있다면, 그를 버리기란 이토록이나 기꺼운 일이다.

"……."

모용천은 처음으로, 남궁미인이 자신을 얼마나 사랑했는지 깨달았다.

또한 깨달았다.

모용천이 아버지를 위해 팔을 선뜻 내밀고, 그다음에 올 일들을 감내할 수 있듯이 그녀 또한 모용천을 위해 목숨을 선뜻 버릴 수 있었던 것을.

모용천을 짓누르던 부담감—남궁미인에게 무엇도 해줄 수 없었던 자신의 초라한 처지—으로부터 자유로워질 수 있기를 바라던 것을.

"허어……!"

태연하게 팔을 내미는 모용천을 보며 종리환이 탄성을 질렀다. 그 역시 오랜 시간을 살며 권태를 이기지 못해 정신이 살짝 나가 있었으나 기억만큼은 여전했다. 그의 기억 속에, 모용천과 같은 젊은이는 없었던 것이다.

종리환은 검을 들며 말했다.

"걱정하지 마라. 네 아비는 내 꼭 살릴 것이다."

모용천은 고개를 끄덕였다.

"내가 죽으면 종리 가주는 제정신을 되찾을 것이오."

어쩌면 그런 것인지도 몰랐다. 모용천은 한 번도 생각해 보지 못한 말이 입에서 튀어나오자 놀랐지만, 그 말이 너무나 당연한 것이라고 생각했다.

모용천의 말은 근거도 뭣도 없었지만 종리환으로 하여금 당연히 그러할 것이라는 믿음을 주는 것이었다. 종리환은 미간을 찡그리며 신음을 흘렸다.

"으음……."

"자, 어서."

망설이는 종리환을, 오히려 모용천이 재촉한다. 한 편의 연극 속에서나 성립할 법한 기묘한 관계.

뚝.

그 순간, 두 사람 위로 무언가 뜨거운 것이 떨어졌다.

"……?"

반사적으로 고개를 든 모용천의 눈에 있어서는 안 될 모습이 들어왔다.

난간에 걸쳐 흔들리는 모용담의 몸.

붉게 벌어진 모용담의 목.

그 사이로 흘러나오는 모용담의 피.

모용천의 머리 위로 모용담의 피가 흘러내리고 있었다.

최초에는 그저 점이었다.

아직 어둠이 머무른 하늘을 뒤로하고 생겨난 점은, 곧 붉어지며 눈 안 가득 들어왔다.

후두둑—

더운 피가 머리 위로 떨어졌다. 붉게 물든 눈 속에, 흔들리는 모용담의 목이, 피를 쏟아내는 목이 들어왔다.

"……."

모용천은 내밀었던 팔을 거두어, 두 손을 모았다. 붉은 피가 어느새 손안에 가득 찼다.

모용담의 목에서 모용천의 손으로.

길게 선으로 이어지는 피는, 곧 나누어져 점점이 떨어지기 시작했다. 멍하니, 바라보는 모용천의 눈에 당황해하는 종리창의 얼굴이 들어왔다. 그의 손에 들린 칼날에도 역시나 피가 묻어 있었다.

피 묻은 칼이, 당황해하는 종리창이.

모용천을 깨웠다.

"…종리창!"

크와아아아앙!

산왕의 포효처럼, 모용천의 목소리가 종리세가 장원 전부를 뒤흔들었다. 내력의 소모가 극심했을 텐데 아직도 이 정도가 남아 있다니, 놀랄 일이었다.

"아니, 아니야… 이건 아니야……!"

종리창은 무엇이 두려운지 하얗게 질린 얼굴로, 연신 아니야를 되풀이했다. 모용천은 당장 그가 올라가 있는 탑으로 뛰었다. 그의 손과 얼굴은 온통 모용담의 피로 가득해, 마치 금방 지옥에서 뛰쳐나온 마귀를 연상케 했다.

"어딜!"

탑 안으로 들어가려는 모용천을 번림칠자가 막아섰다. 모용천은 소리 지르며 그대로 돌진했다.

"비켜!"

비키란다고 비킬 번림칠자가 아니다. 그들 역시 종리창의 행태에 눈살을 찌푸렸지만 기본적으로 모용천의 적이라는 사실은 변함없었다.

"어림없다!"

쉬익! 쉭!

일곱 자루 검이 모용천의 미간으로부터 시작하는 일직선상의 급소를 노리고 들어왔다.

파악!

모용천은 순간 몸을 틀어 일곱 자루의 검을 피했다. 예상하고 있다는 듯, 세로로 긴 선을 형성하던 일곱 자루의 검이 각기 양옆으로 흩어져 일곱 가닥 검기를 뿌렸다.

파파팍!

그중 세 가닥 검기가 모용천의 옆구리를 스쳐 지나갔다. 한 움큼 살이 떨어져 나가고, 피가 그 뒤를 따라 튀었다.

그러나 모용천은 얼굴색 하나 변하지 않고, 번림칠자 중 한 사람에게로 쇄도해 들어갔다. 바로 모용천의 옆구리를 벤 검기의 주인 중 하나였다.

"…이놈이!"

노인은 호통을 치며 자신에게 달려드는 모용천에게 검을 뿌렸다.

울창한 숲 속에 독을 머금은 나무가 있으니 곧 번림독수(繁林毒樹)라! 흩뿌린 검기가 숲을 형성하고, 그 속에서 독처럼 치명적인 일검이 튀어나왔다.

탁!

"……!"

절초를 펼쳐 낸 노인의 눈이, 무겁게 늘어진 눈꺼풀을 끝까지 올렸다. 노인의 눈앞에서, 말도 안 되는 일이 벌어졌다. 번림독수 일검이, 모용천의 맨손에 막힌 것이다. 아니, 노인의 검이 모용천의 손안에 들어간 것이다!

"네놈이 감히!"

앞서도 말했듯이 공수탈백인의 무공은 엄연히 실력 차가 나는 사이에서나 쓸 수 있는 위험한 수법이다. 즉, 이 무공으로 내 검을 빼앗으려 하면 그 상대가 자신을 어떻게 보는지 알 수 있다는 말이다.

화가 머리끝까지 오른 노인이 검을 잡은 손을 비틀었다. 그러나 웬걸? 손안의 검은 꿈쩍도 않는 것이다.

"하압!"

모용천이 벼락같은 기합 소리를 내며 노인으로부터 검을 빼앗았다. 노인의 손은 찢어지고 호구에서 피가 흘렀다.

"저런!"

뜻밖의 상황에 놀라며 노인들이 모용천을 공격하기 시작했다. 맨손으로 당해내지 못하고 피하기만 했던 검격들이다. 모용천은 빼앗아 든 검을 바로 쥐고 휘둘렀다.

카카캉! 카캉!

허공에 불꽃이 튀고, 노인들의 검이 무위로 돌아갔다. 그러나 지금은 번림칠자를 상대하는 게 우선이 아니다. 검으로 검을 막고 벌어진 틈, 모용천은 진기를 끌어올려 그 틈으로 파고들었다.

그러나,

"…으헉!"

바닥난 공력을 억지로 모으고, 외부의 공격에 진탕이 되고, 심마에 뒤틀린 기혈이다. 급한 마음에 진기를 끌어올렸으니 엉망이 된 속이 감당할 리 없었다.

검은 피가 나와 붉은 피와 섞이고, 그 자리에서 모용천은 무릎을 꿇었다.

처척!

뒤늦게 무릎 꿇은 모용천의 위로 여섯 자루 검이 겨누어졌다. 그 끝에 자리한 노인들의 눈빛이, 이제까지와는 전혀 달라 보였다. 검을 든 모용천과의 단 일합이 번림칠자의 시선을 확 바꾸어놓은 것이다.

그러나 거기까지다.

"으억!"

모용천은 다시금 피를 토했다.

후두둑—

침과 섞인 피가, 입가를 적시고 넝마가 된 앞섶을 적셨다.

'제길……'

무릎을 세우기는커녕 입가를 닦을 힘도 없다. 정말로, 이젠 정말로 모든 힘이 바닥난 것이다.

"하, 하하! 하하하하핫! 하하하하하하하핫!"

귓등으로 종리창의 신경질적인 웃음소리가 들려왔다. 웃음소리는 무형의 바늘이 되어 모용천을 찔렀다. 모용천은 그저 머릿속이 하얗게 변해, 종리창이 웃음을 그저 받아낼 수밖에 없었다. 고통은 또한 고통이 아니었다.

"하핫, 하하핫! 으하하하하하…… 하?"

갑자기 종리창의 웃음소리가 끊겼다.

"어엇?"

"저놈!"

번림칠자도 탄성을 지르고, 고함 소리가 들려왔다.

"야, 인마! 일어나! 일어나라고!"

잊고 있었던 목소리였다. 모용천은 힘을 쥐어짜 고개를 들었다. 여명이 동트는 하늘, 잿빛 옷을 입은 사내가 내려오고 있었다.

이목구비가 뚜렷한 미남자. 도야객 이서곤이었다.

"이 선배……?"

도야객이 어째서 이곳에? 의문 가득한 모용천의 눈에, 도야객이 옆구리에 낀 노인이 들어왔다. 사지가 뻣뻣하게 굳어 있지만 분명히 숨을 쉬고 있는 노인, 유 총관이었다.

유 총관을 옆구리에 끼고도 도야객의 몸놀림은 가볍기만 했다. 탑 꼭대기에서 유 총관을 데리고 뛰어내린 도야객은, 오층 높이의 탑을 삼층 처마만 한 번 밟고 지면으로 내려앉은 것이다. 가히 명불허전, 밤을 건넌다는 별호에 어울리는 신법이었다.

그러나!

그 지면에서 도야객을 기다리고 있는 자들은 몇 세대 전의 고수, 번림칠자다. 번림칠자는 검을 곧추세우고 내려오는 도야객을 잡아먹을 듯 노리고 있었다.

"이 선배!"

죽을힘을 다해 모용천이 외쳤다. 이대로 내려앉으면 다진 고기가 될 것이 불을 보듯 뻔하다!

하지만 도야객은 모용천의 걱정이 괜한 것이라는 듯, 가볍게 웃으며 손날을 세웠다.

화악!

도야객의 손날에서 푸른 기운이 일렁였다.

"하압!"

가벼운 기합과 함께 도야객이 팔을 휘둘렀다. 그러자 빨래를 털듯, 손날로부터 푸른 기운이 빠르게 떨어져 나갔다. 벽운천강수에 벽공장의 무리를 가미한 수법이었다.

파파파팍!

그 기운이 범상치 않아, 번림칠자들도 섣불리 받아낼 생각을 못하고 뒤로 물러났다. 벽운천강수의 푸른 기운은 번림칠자들이 물러난 자리, 무릎 꿇은 모용천 바로 옆자리에 떨어졌다.

콰콰콰쾅!

굉음을 내며 땅이 파이고 흙먼지가 피어올랐다. 그 틈을 타, 무사히 안착한 도야객이 바로 모용천을 낚아챘다.

"……."

모용천이 뭐라 말할 틈도 주지 않고, 도야객은 모용천을 어깨 위에 들쳐 멨다. 그 앞을 번림칠자가 다시 가로막았다.
 "웬 놈이냐!"
 "알 거 없수다."
 짧게 대답한 도야객이, 도리어 번림칠자를 향해 돌진했다.
 "저런 미친 놈!"
 뜻밖의 행동에 놀란 번림칠자들이 일제히 검을 휘둘렀다.
 방금 보여주었던 벽운천강수의 수법이 놀라웠으나 지금 도야객은 한 팔로는 유 총관을, 또 다른 팔로는 모용천을 잡고 있다. 팔이 세 개가 아닌 이상 그 놀라운 위력의 수강을 쓸 수 없는 것이다.
 여섯 자루 검이 빽빽한 숲을 이루며 도야객을 찔러 들어갔다.
 "……!"
 그 순간, 번림칠자들의 작은 눈이 일제히 커졌다. 혼자도 아니고 두 사람을 짊어진 도야객의 몸이 여섯 자루의 검을 피해 지나친 것이다.
 "허어!"
 마치 귀신에 홀리기라도 한 듯, 번림칠자들은 멍한 얼굴로 돌아봤다. 가속이 붙은 도야객은 벌써 저만치 가 있었다.
 저건 무슨 짓을 해도 따라잡을 수 없다.

도야객의 경공이 어떤 수준인지, 그 명성을 몰라도 알 수 있었다. 도야객은 이미 점이 되었고, 번림칠자들의 얼굴은 어두워졌다.

도야객은 일 년을 산에 틀어박혀 벽운천강수를 연마했다. 오로지 마왕을 이기고 잃어버린 두 사람의 친구를 구하기 위해 뼈를 깎는 노력을 한 것이다.

덕분에 도야객은 벽운천강수를 십 성 가까이 익혔지만, 그것만으로는 부족한 게 사실이었다. 단순히 절세의 무공을 익혀 강해진다는 것이 얼마나 순진한 생각인가. 물론 일류고수까지는 익힌 무공의 수준 차이가 곧 실력 차로 연결될 수 있지만 조금 더 올라가면 그런 차이는 있으나마나 한 것이 된다.

이는 본인이 그 경지에 오르지 못하면 깨닫기 힘든 것이었고, 오로지 비급에 의지해 무공을 익혀 나가던 도야객 역시 깨닫기 힘든 게 당연했다.

어쨌든 도야객은 벽운천강수를 익히고 강호에 나온 뒤, 마왕을 쫓다 친구인 절창과의 싸움에서야 비로소 그 사실을 깨달았다. 개세의 신공을 익혀서 고수가 아니라, 고수이기 때문에 그 무공이 신공이 되었다라는 사실을.

세간에서는 황종류가 오래전 마인의 마공, 마천상야공을 되살려 마왕의 자리에 올랐다고 하지만 이는 사실과 달랐다.

마천상야공으로 인해 마왕이 된 것이 아니다.

황종류가 마왕의 그릇이었기에, 마천상야공이 현세에 되살아날 수 있었다라고 해야 정확한 것이다.

그 사실을 깨달은 도야객은 일시적으로 공황상태에 빠졌다. 백파검과 절창을 어떻게 하면 되찾을 수 있단 말인가? 그러기 위한 희망, 그나마 익힐 수 있었던 절세 무공도 무참히 깨어진 것이다.

그러나 도야객은 기본적으로 낙천적이고 긍정적인 성격의 소유자였다. 일단 정신을 수습하고 보니 어느새 강호 소문의 중심으로 떠오르게 된 모용천이 엄청난 일에 휘말려 있는 것이었다.

하여 도야객은 일단 최초의 목표를 접어두고 모용천을 찾아 나섰다. 그에게 도움을 받은 만큼, 갚을 수 있을 때 갚아야 한다고 생각한 것이다. 그리고 제마성 근처까지 절창을 따라가 물어보기도 해가면서, 결국 이렇게 종리세가에서 모용천을 구하게 된 것이다.

멀리까지 가기에는 모용천의 상태가 썩 좋지 않았다. 도야객은 일단 안휘성으로 넘어가 방을 잡았다.

"괜찮으신 겁니까? 예?"

다행히도 유 총관은 혈도를 짚여 잠시간 움직이지 못했을 뿐이었다. 곧 혈도가 풀리고 자유를 되찾은 유 총관은 지극정성을 다해 모용천을 간호했다. 노령으로 종리세가에까지 끌려가 갖은 고초를 당했건만, 유 총관은 모용천에게 남궁미인과 관련된 이야기는 한마디도 하지 않았다.

그 또한 귀가 있고 능력이 있으니 일의 전말이 어떻게 되었는지는 알 수 있었을 것이다.

몇십 년에 걸쳐 바라고 바라왔던 것들.

예정되어 있던 육대세가.

정파의 대협으로 우뚝 설 모용천.

유 총관이 그토록 바라던 것들은, 현실로 이루어지기 일보 직전에 사라진 것투성이였다. 그럼에도 불구하고 충복은 그에 관해 한마디도 입 뻥끗 하지 않았으니 그것이 오히려 모용천을 괴롭게 만들었다.
 유 총관이 한 말은 단 하나였다.
 아버지, 모용담의 죽음에 관한 이야기 하나.

 "당시 가주께서는, 예. 이게 늙은이의 망령된 착각이라고 욕하셔도 좋습니다. 하지만 종리세가의 가주는 정말, 팔 하나 움직이지 않았습니다. 그건 가주께서 움직이신 거였습니다. 예, 그렇고말고요. 그분은 이제껏 의식을 가지고 계셨던 겁니다. 움직이지 못하고, 말하지 못했으나 보고 듣기는 계속하셨겠지요, 계속."
 "……."
 "그러다 마지막 순간, 소주께서 팔을 자르라고 내놓으신 걸 보신 것 같습니다. 아마도, 필생의 힘을 다해서 움직이신 거겠죠. 스스로의 목을, 종리세가 가주의 검 위에 말입니다……."
 "……!"
 모용천은 아무 말도 하지 않았다. 그저 눈을 감고 내상을 치유하는 데 전념했다. 정말로, 그것밖에는 할 일이 없었다.

*　　　*　　　*

그러는 사이 종리세가는 전력을 재정비했다. 다시금 전력으로 쓸 만한 자들은 놀랍게도 전체의 칠 할이 넘었다. 이는 종리세가가 입은 인적 피해가 모두 부상자였기 때문에 가능한 일이었다. 사망자는 단 한사람도 발생하지 않았다.

단 한 사람.

모용담을 제외하고.

어쨌든 종리창은 세가 구성원들을 재정비하면서 동시에 앞서서 모용천을 잡기 위해 배치했던―그러나 모용천의 행보를 쫓지 못해 무용지물이 되어버렸던―삭일파와 강상문을 남경으로 불러들였다. 최대한 모을 수 있는 전력은 하나로 모으는 것이 모용천을 상대하는 데 낫다는 결론을 내린 것이다.

종리세가의 대비가 이처럼 철저하고, 신경질적이기까지 하자 사람들은 모용천의 존재에 대해 다시 생각하게 되었다. 모용천의 과오는 과오지만, 처음 강호에 등장했을 때부터 논란이 되었던 그의 무공 수위가 다시금 도마 위에 오른 것이다.

과연 이제 갓 약관을 벗어난 젊은이의 무공 수위가 대체 어느 정도이기에 종리세가가 저토록 과민반응을 보이는 것인가? 항간에는 남궁세가의 봉문을 두고 '검왕이 모용천에게 패배한 충격을 이기지 못해…' 라는 소문도 돌 정도였다.

어쨌든 좋든 싫든 사람들은 종리세가를 주목하기 시작했다. 정확히는 종리세가에 나타날 모용천을 기다리기 시작한 것이다.

   *   *   *

흐린 하늘이 마침내 눈을 뿌렸다.
모용천이 자리에서 일어난 것도 이 무렵이었다.
"소주… 정말 괜찮으십니까?"
유 총관이 걱정스레 물었다. 모용천은 고개를 끄덕이며 대답했다.
"괜찮습니다, 이제 정말 괜찮아요."
괜찮다고 하지만 온몸의 상처는 아물지 않은 것투성이였다. 그러나 겉으로 드러난 상처야 문제될 게 아니다. 스무 날 가까이 자리에 누워 있던 것은 내상의 치유에 전념했기 때문이었다.
그리고 지금, 모든 준비가 끝났다고 누군가 속삭이고 있었다.
"어라? 벌써 일어났나?"
마침 방 안으로 들어온 도야객이 모용천을 보고 반갑게 말했다. 도야객과 모용천, 유 총관 세 사람은 강소성에 근접한,

안휘성 소재의 객잔에 머물고 있었다.
 모용천은 포권의 예를 취하며 고개 숙였다. 계속 누워만 있던 터라 은인에게 제대로 된 인사도 하지 못한 것이다.
 도야객은 눈살부터 찌푸리며, 그래도 인사는 받으며 말했다.
 "쓸데없는 짓을! 젊은 놈이 어째 그리 꽉 막혔냐? 웃기는 놈 같으니……."
 "지금은 은인께 드릴 게 인사밖에 없군요."
 모용천이 말하자, 도야객이 성을 내며 말했다.
 "야, 이 웃기는 놈아! 내가 왜 네 은인이냐? 내가 하고 싶어 한 일을 가지고 은인이니 뭐니, 그런 헛소리 지껄일 시간 있으면 잠이나 더 자라. 쯧!"
 그러나 모용천은 물러나지 않고 대꾸했다.
 "헛소리가 아닙니다. 선배가 아니었으면 저는 그날 죽었을 겁니다. 예, 죽었겠지요."
 이는 모용천 자신의 이야기이면서도 이야기가 아니었다. 모용담에 이어 유 총관마저 죽었다면, 모용천 자신도 살 수 없었을 거라는 뜻이다.
 "그만해라, 그만해!"
 도야객은 손을 휘휘 저으며 핀잔을 주고, 들고 온 물건을 던졌다.

"옛다."

도야객이 구해온 물건은 검이었다.

모용천은 검을 꺼내 날을 살펴봤다. 손잡이로 말아놓은 가죽의 단단함이, 화려하지 않지만 꼼꼼한 마무리가 손안에서 꽉 잡혔다.

좋은 검이다.

"좋군요."

만족을 표하는 모용천에게, 도야객이 얼굴을 찡그리며 대꾸했다.

"너 정말 그걸로 괜찮냐? 찾아보면 더 나은 검도 구할 수 있을 텐데?"

"어차피 훔치실 거, 더 좋은 건 필요없습니다."

모용천은 그리 말하고 유 총관을 돌아봤다.

유 총관도 정양이 필요했거늘, 모두 마다하고 다 큰 모용천의 수발을 드느라 얼굴이 말이 아니었다. 원래 늙기야 했지만 며칠 새 기력이 하나도 없어진 얼굴이라 속이 쓰려 볼 수도 없었다.

모용천은 도야객이 가져온 검을 허리에 차고 자리에서 일어났다. 그리고 유 총관에게 말했다.

"유 총관, 저 다녀오겠습니다."

"예? 아니, 금방 일어난 사람이 어딜 또 나간단 말입니까?

안 돼요, 안 됩니다!"

화들짝 놀란 유 총관이 두 팔을 벌리며 막아섰다. 그러나 모용천은 조용히 유 총관의 팔을 거두며 말했다.

"모용세가를 오대세가로 만들겠습니다."

"…예?"

뜻밖의 말에 유 총관이 멍하니 말을 잃었다. 모용천은 차분히 말을 이었다.

"내일 이맘때까지 돌아오겠습니다. 그때는 모용세가가 천하 오대세가 중 하나가 되어 있을 겁니다. 기다리십시오."

그리고 도야객을 향해 당부했다.

"유 총관을 부탁드립니다. 혹시라도 모르니 지켜주십시오."

"종리세가로 가는 건가?"

"……."

모용천은 대답하지 않았지만, 그것 또한 대답이었다. 도야객이 얼굴을 찌푸리며 말했다.

"그날 그렇게 당하고도 아직도 혼자 뭘 할 수 있다고 생각하나? 자네가 아무리 강하다 해도 혼자서는 안 돼, 안 될 일이야. 더구나 저들은 지금……?"

지금 강호를 가장 떠들썩하게 만드는 소문은 다름 아닌 종리세가와 모용천 한 사람 간의 싸움이었다. 그를 대비해 삭일파와 강상문을 남경으로 불러들였다는 소문도 도야객은 익히 들었던 것이다.

어디서 어떻게 새어나갔는지 모르겠지만 소문이라는 게 그렇듯, 아무리 성긴 그물로 막아도 소용없게 마련이다. 종리창이 모용담을 인질로 했다더라, 그 와중에 모용담이 죽었다더라 하는 소문이 퍼진 것이다. 덕분에 세간에는 모용천을 동정하는 시선이 주를 이루게 되었다.

그렇지만 동정하는 자들 중 실제로 모용천을 돕겠다 나서는 이는 한 사람도 없다. 어차피 동정은 동정에 그칠 뿐이다. 그 죽을 위기를 여러 차례 넘기고도 다시 또 종리세가와 싸우고 싶은지, 도야객은 질릴 정도였다.

그러나 모용천은,

"괜찮습니다."

한마디 남기고 길을 나섰다. 그 어조가 어찌나 평온하고 일상적인지 마치 밭에 다녀오겠다는 촌부와 같아 놀랄 지경이었다.

하지만 이는 유 총관을 안심시키기 위한 수작에 불과했으니 당장 객잔을 나서는 모용천의 얼굴은 차갑게 굳어 있었던 것이다.

그 가운데 일렁이는 격정이, 미세한 균열을 내고 있었다.

좌악!

검끝이 긴 선을 그었다.

"으헉!"

"커억!"

선 위에 놓인 두 사람이 하늘 높이 비명을 지르며 쓰러졌다. 동시에 손으로 전해져 오는 이 끔찍한 감촉.

사람을 벤다는 일, 목숨을 빼앗는다는 것이 정녕 이런 일이었던가? 모용천은 이전의 자신을 떠올려 보았다.

검을 휘두르는데 일말의 주저함도 없었던 자신을.

삶의 무게가 이토록 무거운지 몰랐던 시절의 나다. 그렇기 때문에 죽음이 이렇게 쉽다는 것을 미처 알지 못했던 나.

하지만 지금은 다르다.

모용천의 검은 여전히 거침이 없었지만 그에 비례해 가슴에 쌓이는 무게가 있었다. 한 사람의 생명은 오롯이 그 사람의 것만이 아니라 그 위에 실린 타인의 감정이 더해진다는 것을, 이제는 뼈에 사무치도록 알게 된 것이다.

'무림인이란 다들 이런 생각으로 사람을 해하였던가?'

단순히 서로가 목숨을 내놓았기에 타인의 생명을 취하는 데에 주저할 게 없다는 식으로 생각할 때와는 다른 게 분명하다. 하지만 그렇다 하여 뭐가 바뀐단 말인가?
 모용천은 문득, 그런 회의감이 들었다.
 서걱!
 "으아악!"
 다시 한 번, 모용천의 검에 따라 또 한 사내가 비명을 질렀다. 이렇게 자신이 죄책감을 가지든 갖지 않든 사람을 죽였다는 결과는 똑같은데, 뭐가 달라진다고 가슴에 돌덩이를 하나 없앤단 말인가?
 "하압!"
 미혹을 떨쳐 내려는 듯, 모용천이 길게 기합 소리를 냈다. 앞으로 내민 일검에 바람이 일고, 소용돌이치는 검기가 십여 명을 한꺼번에 벴다.
 비명도 지르지 못하고 쓰러져 가는 자들!
 "이놈!"
 분노에 찬 고함 소리가 사방을 뒤흔들고, 작달막한 중년인이 불을 뿜을 듯 타는 눈으로 모용천의 앞에 섰다.
 삭일파의 장문인 천봉건(千峰乾)이었다.
 "감히 종리세가의 장원에서 살생을 저지르고도 네가 무사할 줄 아느냐!"
 천봉건은 소리 높이 외치며 달려들었다. 도법으로 이름 높은 삭일파의 장문인답게, 그의 손에 들린 한 자루 보도가 날카롭게 이를 들이밀고 있었다.

"순순히 목숨을 내놓고 오늘 이 자리에서 수많은 무림 동도들에게 그만 용서를 구해라!"

장황히 외치며 또 누군가가 나타났다. 강상문의 장문인 금대영(琴大英)이다. 강상문의 독문절기, 왕흔취장(王痕璀掌)이 모용천의 옆구리로 파고들었다.

"으랴핫!"

두 자루 단창으로 모용천의 등을 치는 자, 공오방(空悟幇)의 영화운(令和雲)도 가세했다.

종리세가의 장원 안, 강소성에서 이름난 문파는 모두 모여 있다 해도 과언이 아니다. 이들은 모두 종리세가의 영향력 아래에서 행세하는 자들이었다.

과연 세 사람 모두 조금도 경시할 수 없는 고수였다. 보도는 경쾌하게 모용천의 목을 노리고, 쌍장에 실린 공력의 무게가 얼마만큼인지 멀리서도 알 수 있다. 무엇보다 등을 노리는 두 자루 장창이 까다롭게 느껴진다!

모용천은 한 발 앞으로 뻗으며 몸을 숙였다.

쉬익!

머리 위로 천봉건의 보도가 지나간다. 보도의 아래에서 모용천은 허리를 오른쪽으로 틀며 좌장을 뻗어 금대영의 동선불회장과 정면으로 맞섰다. 그 좌장의 반대편에서, 오른 손에 들린 검이 등 뒤를 찌르는 단창을 막아냈다. 마지막으로, 돌아간 허리를 두 다리가 따라 돌며 천봉건의 가슴을 찼다.

퍽!

콰앙!

카캉! 캉!

"으헉!"

천봉건과 금대영이 피를 토하며 물러났다. 영화운만이 막힌 단창을 고쳐 쥐고 재차 공세를 펼쳤다.

캉! 카앙!

그러나 모용천의 검속은 두 자루 단창으로 막아낼 수 없는 수준이었다. 채 두 번의 공세를 막지 못하고, 영화운의 목에서 피가 솟았다.

치이익!

허공에 흩어지는 혈무(血霧)! 그 아래로 모용천의 검이 날카롭게 돌았다.

보도로는 쫓을 수 없는 쾌검이 지나간 자리, 천봉건의 옆구리가 입을 크게 벌렸다.

"허억!"

벌린 입이 창자를 쏟아내고, 천봉건의 신형이 앞으로 고꾸라졌다. 한 발 물러나 들끓는 기혈을 진정시키던 금대영의 얼굴이 경악으로 물들었다.

"저, 저런!"

천봉건이나 영화운이나, 절정고수라고 할 수는 없으나 어디에서든 제 몫을 해낼 위인들이다. 한 방파를 이끌 자격이 충분한 자들이란 얘기다.

그런 고수들을 스무 살 애송이가 차례로, 그것도 아주 손쉽게 격파하는 모습이 도무지 받아들여지지 않았다.

그리고 곧이어 자신의 차례가 돌아온다는 사실도.

"하아압!"

달려오는 모용천에게 금대영이 쌍장을 내밀었다. 감도는 누런 기운이 그 원류가 소림에 닿아 있음을 말해주는 듯했다.

빙글—

금대영의 쌍장은 허공을 때리고, 누런 기운도 바람 속으로 사라졌다. 그 대신 모용천이 지나간 자리, 한 줄기 검로 위에 붉은 피를 뿌리고 금대영은 쓰러졌다.

"……!"

"……!"

천봉건, 금대영, 영화운.

강소 무림에 이름 높은 고수들 세 사람이 모용천의 발밑에 쓰러졌다. 세 구의 시신 바깥쪽에는 더 많은 시체가 산처럼 쌓여 있었다.

전날의 모용천이 아니다.

지금 모용천을 둘러싼 종리세가의 무사들은 전날처럼 섣불리 덤벼들지 못하고 제자리에서 주춤거리고만 있었다. 모용천에게서 피어 나오는 무언가, 알 수 없는 기운이 그들을 압박하고 있었다.
'틀림없이 죽는다!'
죽음을 대하는 본능이, 그들로 하여금 전날과 같은 용기를 내지 못하게 하고 있었다.
"우으읏……!"
모용천이 한 발을 내딛자, 그를 둘러싼 포위망이 따라서 한 발 물러난다. 사람의 검은 머리가 만든 검은 바다에 가운데 홀로 뜬 섬이 움직이는 것 같았다.
모용천의 서슬 푸른 기세에, 종리세가의 무사들은 이미 마음으로부터 져버린 것이다.
몇 장을 더 전진해도 따라서 포위망만 유지할 뿐, 덤벼들 생각이 없자 모용천이 나직이 말했다.
"죽기 싫으면 비켜라. 너희 가주에게로 길을 터라."
"으음……!"

이러지도 저러지도 못할 상황이다. 기백이 넘는 자들이 모여 있었지만, 누구 하나 숫자의 힘을 믿지 못하고 있었다. 병아리가 수백, 수천 마리 모여도 한 마리 매를 당해내지 못하는 것과 마찬가지였다.

"쯧쯧쯧… 다들 비켜라! 비켜!"

덤벼들지도, 물러서지도 못하는 사람들 뒤로 고함 소리가 들렸다. 그 말에 따라 양옆으로 비키는 종리세가 무사들의 얼굴에 안도감이 서렸다.

갈라진 사람의 바다, 드러난 길을 통해 일곱 명의 노인이 모습을 드러냈다. 번림칠자였다.

"도망쳤으면 목숨이나 부지할 것이지, 죽고 싶어서 환장을 했구나!"

선두에 선 노인, 다들 얼굴이 비슷해 구분하기 쉽지 않았지만 특별히 눈에 익었다. 종리환이라고 자신을 소개했던 노인이다.

"미련한 놈! 미련한 놈!"

"기어코 죽어야겠느냐?"

"하긴 모용씨들이 다들 저렇게 어리석었지! 모용길, 그놈이 그랬어!"

그 뒤를 줄지어 오는 노인들이 모두 한마디씩을 던졌다. 말 그대로 모용천이 어리석다고 욕하는 노인도 있었지만, 더러는 왜 굳이 돌아와 목숨을 버리려는지 타박하는 노인도 있었다.

"후우……."

모용천은 숨을 깊게 들이쉬고, 번림칠자를 향해 검을 들었다. 속수무책으로 당하기만 했던 그때와는 다르다!

모용천이 말했다.

"번림칠자의 이름은 들은 바 있소. 종리세가의 절기 번림칠검을 일곱으로 나누고, 다시 그를 한 사람이 쓰는 것처럼 펼쳐 내 당대에 적수가 없었다더군."

"끌끌! 그랬었나? 허! 참 시간이 그렇게 흘렀나?"

모용천의 말에 번림칠자들은 과거를 회상하는 듯, 한숨을 쉬었다. 그들에게도 모용천과 같이 젊고 빛나던 시절이 있었을 것이다. 검 하나와 형제들을 믿고 거칠 것이 없었던 시절.

그 깨질 듯, 깨질 듯 깨지지 않았던 오대세가의 벽을 기어코 무너뜨리고 모용세가를 쇠락의 길로 빠뜨린 순간. 그 환호의 기억이 주마등처럼 번림칠자들의 머릿속을 스쳐 지나갔다.

"그래, 그랬었지……."

그러나 거칠 것 없던 패기도, 어제를 돌아보지 않던 젊음도 사라지고 남은 것이라고는 손안의 검 하나뿐이다. 삶이란 곧 한순간의 꿈이로구나. 번림칠자들의 얼굴에 회한이 가득했다.

모용천이 말했다.

"그럼 잘 보시오."

"……?"

"뭘 보라는 게냐?"

추억과 감상에서 빠져나온 번림칠자들이 모용천에게 물었다. 모용천은 차가운 얼굴로, 단호히 말했다.

"당신들이 이룩한 종리세가가 어떻게 사라지는지를!"

"뭐라?"

"허어!"

놀라거나 혹은 어이없어하는 번림칠자들을 향해 모용천은 몸을 날렸다.

쉐에엑!

눈 깜짝할 사이, 한 번의 도약으로 몇 장 거리를 단숨에 좁힌 모용천이 검을 휘둘렀다.

카카캉!

허공에 불꽃이 튀고, 번림칠자들의 얼굴에 짙은 그림자가 드리웠다.

카카캉! 카캉!

연이은 불꽃이 허공을 수놓았다.

검은 재가 피워낸 꽃잎을 흩뿌리고, 다시 그 틈으로 날카로운 이빨을 들이밀었다.
챙! 채챙!
모용천의 검이 잇달아 번림칠자를 공격했다.
"헙!"
번림칠자 중 한 노인이 미처 막지 못하고 기함을 질렀다. 노인의 목끝까지 닿은 모용천의 검을, 양옆의 다른 노인들의 검이 쳐냈다.
카앙!
그러나 모용천의 검을 쳐내려던 번림칠자들의 검이 도리어 튕겨 나갔다. 모용천은 그대로 검을 내질렀다.
"흐읍!"
튕겨 나가긴 했으나 진로를 방해한 덕분인지 간발의 차로 노인의 목이 모용천의 검로를 벗어났다. 그 틈을 탄 나머지 번림칠자들의 네 자루 검이 모용천의 뒤를 노리고 들어왔다.
카캉! 카카캉!
재빨리 돌아간 모용천의 검이 네 자루 검을 튕겨냈다. 동시에, 한 자루에 불과한 모용천의 검이 일곱 자루가 되어 각기 다른 방위에 있는 번림칠자들의 목을 일시에 노렸다.
카카캉! 카캉!

연이어 튀는 불꽃! 그 틈바구니에서 피가 튀었다.

"으헉!"

한 노인이 결국 모용천의 검에 목을 내주고 말았다. 작은 비명을 지르는 노인의 목에서, 분수처럼 피가 솟아났다.

"…득(得)!"

"저, 저런!"

"저 빌어먹을 놈이!"

번림칠자, 아니, 이제 번림육자가 되어버린 노인들이 대로하여 모용천에게 달려들었다.

파사사사삭!

여섯 가닥의 검기가 다시금 울창한 숲을 이루고, 그 속에 흩날리는 나뭇잎 하나 하나가 또 다른 검기로 환원된다. 번림칠검의 절초, 만엽성검(萬葉成劍)이었다.

쏴아아아아—

비가 내리듯, 바람에 흩어지는 나뭇잎들이 하늘을 가득 메웠다. 한 자루 검에서 펼쳐지는 만엽성검도 절초 중의 절초다. 그런 절초가 여섯 자루 검에서 동시에 펼쳐졌으니!

만엽성검은 절초가 아닌 절경(絶境)이라야 옳을 것 같았다. 단, 절경은 절경이나 그 안에 있는 것은 명산이나 영목이 아니라 살기등등한 핏빛 검기인 것이다.

놀랍게도, 모용천은 피하거나 막는 대신 만엽성검이 그려

낸 절경 속으로 뛰어들었다.

"……!"

오히려 번림육자의 눈이 크게 떠졌다. 오랜 세월을 살아 다소 미쳤다고 할 수 있는 그들의 눈에도 모용천의 행동이 터무니없는 것이다.

그러나 정작 놀라야 할 일이 그들을 기다리고 있었다.

파파파파파팍!

가지를 치듯, 모용천의 검이 만엽성검의 숲을 온통 헤집어 놓은 것이다. 흩날리던 검기는 사방으로 흩어지고, 더러는 종리세가의 사람들을 베고 지나갔다.

"커헉!"

"끄아악!"

사방에서 피가 튀고, 잘린 팔다리가 높이 솟았다.

"저런!"

뜻밖의 상황에 당황한 번림육자의 앞에 다시 한 번, 모용천이 나타났다. 노인들의 검이 움직이기 전에, 이미 모용천의 검이 긴 선을 그었다.

쉬이이익—

검이 지나간 길 위는 언제나 붉은빛이다.

번림육자의 피가 모용천의 검로를 붉게 물들였다.

"저, 저런……!"

백 세가 넘은 일곱 노인의 시체가 땅 위에 널브러졌다. 어떤 노인은 머리가 잘려 뒹굴었고, 어떤 노인은 사지가 절단되어 볼수록 끔찍한 광경이었다. 다른 것보다, 이렇게 잔인한 검을 거침없이 쓰는 모용천의 성정이 끔찍했다.

"……."

모용천은 검을 든 채로 시선을 돌렸다. 그 차가운 시선에 닿은 자마다 소름이 끼치고 심장이 오그라드는 듯했다.

뚜벅.

번림칠자의 조각난 시신을 넘어, 모용천이 한 발을 내딛었다. 일제히 사람들은 양옆으로 물러났다. 번림칠자가 나타났을 때보다 더 넓은, 마차 두 대가 지나가도 될 만큼 넓은 길이 펼쳐졌다.

모용천이 길 위로 한 발을 올려놓았을 때, 인파 속에서 낯익은 목소리와 함께 한 사람이 튀어나왔다.

"이 마귀 같은 놈!"

앙칼진 목소리.

검을 번뜩이며 덮쳐 오는 자는 모용천도 익히 알고 있는 소녀. 종리창의 딸 종리부용이었다.

검을 쥔 손은 서투르고 신법은 아직 덜 여물었다. 명가의 품격은 있으되 그에 상응하는 연마가 부족한, 그런 검이었다. 모용천은 검을 들며 생각했다.

'범림칠자든 어린 소녀든, 무슨 차이가 있단 말인가?'
쉬익!
달려오는 종리부용을 향해 모용천이 검을 뻗었다. 소녀의 검은 허공을 가르고, 허리춤에 빛이 번쩍였다.
"꺄악!"
비명을 지르는 소녀의 몸이 허리를 기준으로 두 동강 났다. 잘린 단면으로 내장을 쏟으며, 소녀의 상반신이 먼저 바닥에 떨어지고 하반신이 그 위로 엎어졌다.
"……!"
누구도 예상치 못한 일이다. 꽃다운 소녀가 어설픈 검으로 달려들었을 때, 모용천과 같이 압도적인 고수가 이토록 잔인한 수법으로 응징하리라고 상상이나 할 수 있었을까?
적막 속에서 모용천을 바라보는 시선은 이제 두려움을 넘어, 인간이 아닌 다른 존재를 보는 듯했다.
모용천은 검극에 손가락을 대어 돌리며 말했다. 혼잣말하듯 중얼거리는 소리였지만 무슨 일인지, 사람들은 모두 제 귓가에 말하는 듯 똑똑히 들을 수 있었다.
"길을 막거나, 덤벼들면 죽인다. 그것뿐이다."
본래 종리세가에 들어서기 전, 모용천은 장원 안에 있는 모두를 죽여 버리는 것도 괜찮겠다는 생각을 했다. 다시 검을 잡고, 불살의 결심을 버린 지금이라면 그러한 일도 어렵지 않게 느껴졌다.

하지만 종리세가 안으로 들어와 그날과 같은 사람들의 다른 행동을 보니 생각이 바뀌었다. 맨손인 모용천에게는 자신있게 달려들던 이들이 검을 들자 다가오지도 못하는 것이다.

그런 자들에게 검을 뿌리는 것이 무슨 소용이란 말인가? 그런 자들이 지탱하는 세가가 얼마나 갈 것인가?

그러면서 모용천은 번림칠자에게 농락당하고 오대세가의 자리를 뺏겼던 과거의 모용세가를 떠올렸다. 아마도, 그때의 세가 역시 저러한 자들이 자리 잡고 있었으리라.

생각의 끝에, 걸음이 멈췄다.

아버지가 돌아가신 그 자리.

장원 깊은 곳, 그 탑이다.

어째서일까? 종리창이 이곳에서 기다리고 있을 거라는 근거없는 확신이 들었다. 과연, 탑 위 돌출된 부분의 난간에 기댄 종리창의 모습이 보였다.

"내려와라."

선배에 대한 예우 따위 구겨 버린 지 오래다.

종리창은 탑 위에서 모용천을 굽어보며 말했다.

"자신이 있으면 올라와라, 네 아비의 시신도 여기 있으니!"

그러면서 종리창은 모용담의 시신을 들었다. 종이 인형처럼 가벼운 모용담의 시신이 종리창의 손에서 이리 흔들리고, 저리 흔들렸다.

"......!"

탑은 모용천을 잡아먹으려는 듯 검은 아가리를 크게 벌리고 있었다. 날은 이미 어두워 달이 떠 있었고 탑 안쪽은 횃불도 없는지 한 치 앞도 보이지 않았다.

망설임없이, 모용천은 탑 안으로 들어섰다.

탑 안은 밖에서 보던 것보다 훨씬 어두워, 말 그대로 한 점 빛도 없는 공간이었다. 건물 자체는 그리 크지 않았고, 각 층으로 나누어진 것 같지도 않았다. 들어가자마자 있는 계단이 탑 중심부를 휘감으며 모용천을 위로 유도하고 있었다.

탑 안의 공기는 밤보다 싸늘했다. 평소에는 쓰지 않는 건물인 듯, 눅눅한 냄새가 코끝을 찔러왔다.

"후우......"

모용천은 눅눅한 탑 안의 공기를 들이마시고 단숨에 계단을 올랐다. 이 끝에 종리창이 있다!

한 바퀴 돌아 한 층, 또 한 바퀴 돌아 두 층을 올랐을 때 준비하고 있던 일이 일어났다. 종리창이 순순히 모용천을 올라오라고 했던 데에는 다 까닭이 있는 법이다. 무언가 탑 안에 안배를 해놨으리라. 어린아이도 생각할 수 있는 일이다.

피잉!

어둠 속에서, 아주 작은 파공음이 모용천을 향해왔다. 소리에 의지해, 모용천은 검을 들었다.

캉—

소리로만 들어서는 침 같은 것이 검신에 맞고 튕겨 나갔다. 암기를 쓰는 적인가? 생각한 순간, 서늘한 감각이 목가에 닿았다.

"…흡!"

등 뒤로 식은땀을 돋게 하는 서늘한 감각! 모용천은 재빨리 왼손을 들어 목에 붙였다. 다급한 나머지 피부가 까질 듯 밀렸지만 그런 걸 신경 쓸 때가 아니다.

휘리릭!

어둠 속에서 보이지 않는 실 같은 것이 모용천의 목을 휘감았다.

콰악!

팽팽히 당겨진 실이 살 속을 파고들었다. 무슨 처리가 되어 있는지, 날카로우면서도 살을 찢는 고통이 머릿속을 가득 채웠다.

"크윽!"

아주 잠깐, 극히 미세한 머뭇거림. 실끝으로 적의 감정이 전해졌다. 이대로 목을 감아 잘랐어야 할 실이, 가운데 끼어든 손에 막혀 생각대로 당겨지질 않은 탓이리라.

모용천은 재빨리 목과 손 사이를 벌려 검을 쑤셔 넣었다.

툭—

실이 잘리고, 모용천은 재빨리 자리를 벗어나 몇 계단 위로 올랐다. 벽에 등을 대고 검을 들어 주변을 살폈지만 주변에 인기척이라고는 느껴지지 않았다. 눈앞에 가져가 댄 자신의 손조차 보이지 않는 어둠 속에서, 실체도 모르는 적과 싸워야 하는 신세다.

피잉! 피잉!

또다시 들려오는 파공음. 이번에는 몇 개인지, 어디서 날아오는지도 가늠하지 못할 숫자다. 모용천은 강하게 소매를 휘둘렀다.

휘리릭!

소매가 일으킨 바람에 휘말려, 침들이 사방으로 흩어졌다.

피잉! 피잉!

침과 비슷하지만, 또 다른 소리를 내는 무언가가 모용천을 향했다.

파곽!

몇 가닥은 모용천을 비껴 벽에 박히고, 몇 가닥은 모용천의 어깨에 꽂혔다. 공력을 실어 단단히 세운 실이었다.

"크윽!"

살 속을 찌르고 들어온 실보다, 실을 통해 전해지는 공력이 뼈아프다. 찔러 들어온 실끝으로부터 뿜어져 나온 공력이 살 속을 후벼 팠다.

휘리릭!

모용천은 어깨에 꽂힌 실을 잡고, 몇 바퀴 휘감아 당겼다. 실끝에 걸린 무게가 날아왔다.

날아온 어둠을 향해 모용천이 좌장을 날렸다. 손바닥에 일렁이는 푸른 기운이, 어둠 속에서 희미한 빛을 발했다.

그러나 끌려온 어둠은, 허공에서 몸을 비틀어 모용천의 장력을 받아냈다.

콰쾅!

손바닥으로 전해지는 상대의 장력은 웬만한 고수의 수준을 훌쩍 넘기고 있었다.

이런 어둠 속에 숨어서 싸우지 않아도, 암기를 쓰지 않아도 능히 겨룰 만한 고수다!

모용천과 어둠 속 자객의 장력이 충돌한 틈을 타, 다른 어둠이 쇄도해 들어왔다. 어느새 익숙해졌는지 모용천의 눈에 이질적인 윤곽이 들어오고 있었다.

둘? 아니, 셋?

탑 안에서 모용천을 기다리고 있던 자객은 한둘이 아니었다. 모용천은 크게 외치며 검을 휘둘렀다.

"종리세가는 자객도 키우던가!"
키우던가— 키우던가— 키우던가—
모용천의 고함 소리가 탑 안을 메아리쳤다.
다시, 어둠 속에서 또 다른 어둠이 달려들었다. 모용천은 보이지 않는 자객을 향해 검을 뿌렸다.

겨울 해는 더디 뜬다.
한 달 전이었다면 사위가 밝아졌을 때인데, 종리창은 여전히 어둠 속에 파묻혀 누군가를 기다리고 있었다.
탑 꼭대기에는 바깥쪽으로 돌출된 꽤 넓은 공간이 있었다. 무슨 용도로 설계했는지, 지금은 알 길 없는 오래된 탑 위에는 종리창과 모용담의 시신뿐이었다.
캉— 카앙—
가끔씩 계단 아래쪽에서 병장기 부딪치는 소리가 들려왔다.
그럴 때마다 종리창의 얼굴에는 알 수 없는 표정이 떠올랐다. 무엇을 기대하고 무엇을 걱정하는지, 그늘진 주름이 때때로 경련을 일으키고 있었다.
채챙— 채앵—
금속 소리는 점점 가까워 오고 있었다. 종리창은 세가의 신물, 단목신검의 손잡이를 쥐었다 놓기를 반복했다.

"……."

 모용천이 탑 안으로 들어온 지 반 시진이 지났다. 보통 사람이라면 일각도 안 돼서 올라올 수 있는 탑일진대, 종리창의 안배가 무엇인지 알 수 없었다.

 채앵…….

 가늘게, 힘없이 울리는 쇠붙이 소리가 신호인 듯 계단 아래가 조용해졌다. 어떤 결과가 올 것인지, 종리창은 마른 입술로 계단을 주시했다.

 "후우……."

 긴 한숨.

 반 시진에 걸친 사투를 기어이 이겨내고 올라온 모용천이나, 피투성이가 된 모용천을 보는 종리창이나.

 누구의 것인지 모르게 동시에 내뱉은 한숨이었다.

 "……."

 "……."

 막상 마주했으나 할 말이 없다. 많은 말이 필요할 줄 알았는데… 모용천은 허튼 예상에 고개를 저으며, 검을 고쳐 쥐었다. 그런 모용천을 보며, 종리창도 단목신검을 바로잡았다.

 탑 안에 안배해 두었던 자들마저 무너진 지금, 종리창에게 남은 것은 자신뿐이었다.

 '어쩌다 이 지경에 이르렀던가?'

얼음처럼 차갑게 굳은 모용천을 마주보며, 종리창은 속으로 중얼거렸다.

처음 만났을 때부터 느낌이 좋지 않았다. 그러나 그대로 사라져 주었다면, 제 아비처럼 강호에 머리를 들이밀지 않았다면 저나 나나 둘 다 편했을 것이다.

"왜… 왜 너 같은 놈이 나타난 거지?"

종리창의 목소리에는 예전과 같은 독기도, 증오도 없었다. 종리창 스스로도 놀랄 일이었다. 마모될 줄 모르던 모용천을 향한 증오가, 움직일 수 없는 몸을 움직여 제 목숨을 버렸던 모용담을 본 이후로 씻은 듯이 사라진 것이다.

대신 그 자리를 차지한 것은 지독한 허탈감뿐이었다.

"……."

모용천은 대답하지 않았다. 아니, 대답할 수 없었다.

왜 나 같은 놈이 나타난 건지, 그 질문에 대답할 수 있는 자 천하에 누구란 말인가?

대신, 모용천은 다른 말을 했다.

"다 끝났다."

"……."

"종리세가는 오늘로 멸문이다."

쉬익!

대답 대신, 종리창의 검이 모용천을 향했다. 그러나 필살의 기세도, 증오도 없는 종리창의 검은 이미 검이 아니었다.

서걱!

종리창의 가슴에 긴 선이 그어지고, 봇물 터지듯 피가 솟아올랐다. 세가의 멸절을 앞에 두어서였을까. 종리창은 쓰러지고도 두 눈을 감지 않았다.

모용천은 쓰러진 종리창과 난간에 걸쳐 있는 모용담을 번갈아 봤다. 객잔을 나올 때에는 복수와 증오로 들끓어 다스리기 어려웠던 가슴이, 막상 모든 것이 끝나자 차갑게 식어버린 것이다.

눈도 감지 못하고 식어버린 종리창의 시체가 새삼스러웠다. 그는 왜 그토록 나를 증오했을까? 생전에도 그랬지만, 종리창으로부터 답은 돌아오지 않았다.

그렇게 잠시 서 있던 모용천이, 나직이 중얼거렸다.

"…그만 나오시지."

그러자 놀랍게도 난간 밖, 허공에서 한 흑의인이 나타났다. 복면을 쓴 흑의인은, 그러나 더할 나위 없이 공손한 태도로 모용천을 향해 고개 숙였다.

"이런, 이런… 옛 고객이 아니시오?"

얼굴을 가리고 있다지만 모용천은 그가 누구인지 알 수 있었다. 강호에 출도하기 전, 세가에서 만난 벽암당의 사내. 이름도 호칭도 알 수 없고, 그저 위약금을 전해주러 왔던 그 사내였다.

"벽암당의 힘까지 빌렸던 건가."

어쩐지, 종리세가의 자객이라 하기에는 탑 안에서 모용천을 습격한 이들의 실력이 놀라웠다. 벽암당 내에서도 손꼽히는 살수들이었을 게다.

"표적이 모용 공자라는 말을 듣고 당주께서 한참 고민하셨소. 당신께서 나서야 할지, 말지."

"그것참 고맙군."

모용천은 차갑게 말했다.

흑의인이 말한 당주는 당연히 벽암당의 당주. 십왕 중 한 사람인 암왕 곽현원이다.

유 총관이 모용천을 이용해 벽암당으로부터 거액의 위약금을 받아냈을 때, 다음번 의뢰에는 반드시 암왕 본인이 나서겠노라고 천명한 기억이 있었다. 엄밀히 따지면 모용천이 십왕 중 가장 처음 인연을 맺은 자는 암왕이라고 해야 할 것이었다.

난간 밖, 허공에 선 흑의인은 고개를 저으며 말했다.

"그나저나 곤란하군. 위약금을 가져왔는데 받을 사람이 없다니. 이를 어쩌면 좋을까……."

흑의인의 고민은 사실 고민도 아니었다. 그가 처음부터 난간 밖에서, 자신과 종리창의 싸움을 지켜봤음은 모용천도 알고 있었으니까.

"앞으로도 없을 것이오. 이제 천하에 종리 성을 가진 세가는 존재치 아니할 테니까. 알았으면 빨리 사라지시오."

모용천이 싸늘하게 말했다.

대화하는 것만으로 불쾌한 상대가 있다면, 단연 이 흑의인을 처음으로 꼽을 것이다. 목적도 없이, 타인의 생명을 취한다는 의미도 무게도 모른 채 오로지 돈으로 목숨을 사는 자들의 주구다. 아무리 십왕의 한 사람이 이끄는 집단이라 해도, 그들의 격(格)은 그 이상도 이하도 될 수 없었다.

모욕적인 언사를 들었어도 흑의인은 동요하지 않았다. 흑의인은 다시 한 번 고개를 숙였다.

"필요하면 언제라도 찾아주시오. 모용 공자는 우리로서도 주요 고객이시니."

"······."

벽암당의 흑의인도 사라지고, 진실로 혼자가 되자 피로가 밀려왔다. 육체의 피로도 피로였지만, 쾌감도 만족도 없는 복수의 끝이 감당키 어려웠다.

종리창이 무언가 특수한 처리라도 한 것일까? 모용담의 시신은 부패되지 않은, 생전의 모습 그대로였다. 벌어졌던 목의 상처도 꼼꼼히 바느질 되어 있었다.

모용담의 시신을 안고 나서는 길 또한 혼자이긴 마찬가지였다. 널브러진 시체들 사이, 산 자의 모습은 보이지 않았다. 살아남은 자들은 모두 종리세가의 멸망을 함께하지 않고 도망친 것이다.

장원을 나오자, 막 당도한 듯 숨을 헐떡이는 의외의 얼굴이 모용천을 기다리고 있었다. 이소와 팽가력이었다.

"자네……."

"모용 형……."

모용천은 아무 말도 하지 않았다. 그의 품에 안긴 모용담의 시체와 인기척이라고는 하나도 느껴지지 않는 종리세가의 장원이 모든 것을 말해주고 있었다.

"이봐!"

말없이 지나쳐 가는 모용천을 이소가 불러 세웠다.

"이제 어떻게 할 건가? 종리세가를 멸망시켰으니 이제부터 뭘 할 작정인가?"

모용천은 뒤도 돌아보지 않고 대답했다.

"자리를 비워놨으니, 그만 채워야겠소."

스스로 오대세가의 한 자리를 차지하겠다. 모용천의 선언에 이소가 놀라 외쳤다.

"자네, 지금 그게 가능하다고 생각하나? 남궁세가야 어떻든 다른 세가에서 그 꼴을 두고 볼 것 같은가? 종리세가를 저렇게 만들고서?"

"다른 세가는 상관없소."

"…뭐?"

"이건 내가 하는 일이니까."

이해할 수 없어, 이소가 다시 소리쳤다. 그러나 모용천은 듣지도 않고 앞으로 나아갔다. 몇 걸음이나 갔을까? 또다시 모용천의 앞을 가로막은 자가 있었다.

"오늘 대체 무슨 날이란 말인가? 왜 다들 나를 찾아오는 건지 모르겠군."

비웃듯이, 모용천이 읊조렸다. 모용천의 앞을 가로막은 자는 다름 아닌 절창이었다.

"무슨 일이시오?"

인사를 하진 않았으나 모용천은 먼저 말을 걸었다. 무림인들 중 유일하게 모용천이 존경한다고 할 수 있는 자가 절창이었다.

툭.

절창은 대답 대신 품 안에서 무언가를 꺼내 던졌다. 앞뒤가 온통 붉은 종이 봉투였다.

"이게 무엇이오?"

붉은 봉투를 받아 들고 모용천이 물었다. 절창의 입이 비로소 열렸다.

"초대장이다."

"초대장?"

모용천이 눈살을 찌푸리며 물었다.

절창은, 그답지 않게 잠시 머뭇거리다 대답했다.

"마왕의 혼례에 참석해 달라는 초대장이다."

『천검무결』 5권 끝

토사구팽(兎死狗烹)!
토끼를 모두 잡으면 사냥개를 삶는다.

사냥개는 모두 죽었다… 나 혼자만을 남겨두고…

그게… 그들의 실수였다.

무림맹의 제자와 백화성의 제자 사이에서 태어난 운소명.
천변만화(千變萬化)의 얼굴과 성격을 지닌,
본인조차도 자신의 능력에 대해서 단정 짓지 못하는 가운데
무림맹주는 그를 척살하기 위해 움직이는데…

끊임없이 쫓고 쫓기는
숨 가쁜 추격전 속에서 펼쳐지는 대복수극.

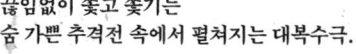

저작권 보호!!
장르문학의 성장에 힘이 되어주십시오.

저작물의 무단 전재와 복제, 불법 다운로드! 이것은 관심이 아니라 무관심입니다!

작가님들은 창의적 열정과 시간을 투자해 자신의 꿈과 생계를 유지합니다.
한 권의 책을 만들어 많은 사람들은 자신의 인생과 미래를 설계합니다.

저작물 속에는 여러 사람의 노력과 희망이 담겨 있습니다!

저작물의 무단 전재와 복제, 불법 다운로드는 여러 사람들의 꿈과 생계를 위협함으로써 장르문학을 심각한 상황에 빠뜨리고 있습니다.

이제는 무관심이 아니라 관심으로 장르문학의 성장에 힘이 되어주세요.

[도서출판 **청어람**은 항시적인 저작권 보호를 통해 장르문학과 여러분의 희망을 지키겠습니다.]

저작물의 무단 전재와 복제, 불법 다운로드는 법률에 의해 처벌받을 수 있습니다.
저작권법 제97조의5 (권리의 침해죄)
저작재산권 그 밖의 이 법에 의하여 보호되는 재산적 권리(제73조의 4의 규정에 의한 권리를 제외한다)를 복제·공연·방송·전시·전송·배포·2차적 저작물 작성의 방법으로 침해한 자는 5년 이하의 징역 또는 5천만 원 이하의 벌금에 처하거나 이를 병과(동시에 두 가지 이상의 형벌을 지우는 일)할 수 있다.

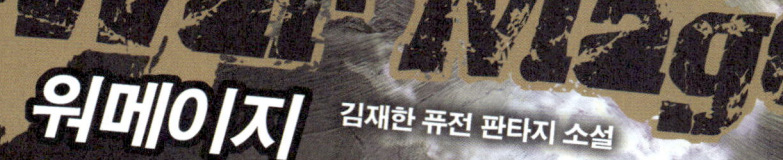

War Mage
워메이지
김재한 퓨전 판타지 소설

사람들이 인식하는 상식의 세계 이면,
짙은 어둠이 드리워진 그곳에 사는 괴물들이 있다.

문명이 드리운 그림자 속에서, 전투기계들과
인간의 사념으로부터 태어난 마물들이 격돌한다.
마법과 주술이 난무하는 초현실적인 전장,
소년은 그곳에 서는 대가로 인생을 잃었다.
운명의 노예가 되어 가족과 인성을 잃어버린 소년, 진유현.

총염(銃炎)과 검광(劍光)이 뒤얽히는
어둠의 거리에서, 운명의 족쇄를 끊고 나온
소년의 눈이 살의를 발한다.

유행이 아닌 자유추구 -
WWW.CHUNGEORAM.COM
Book Publishing CHUNGEORAM

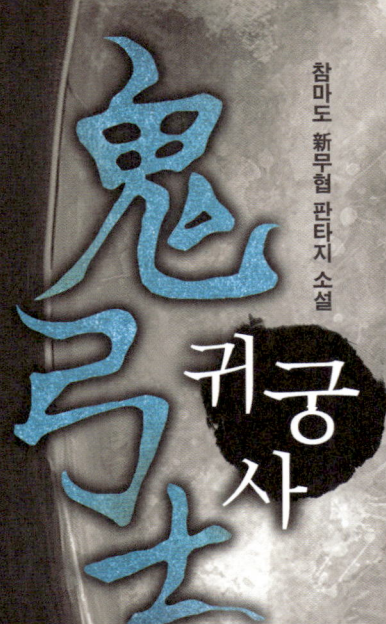
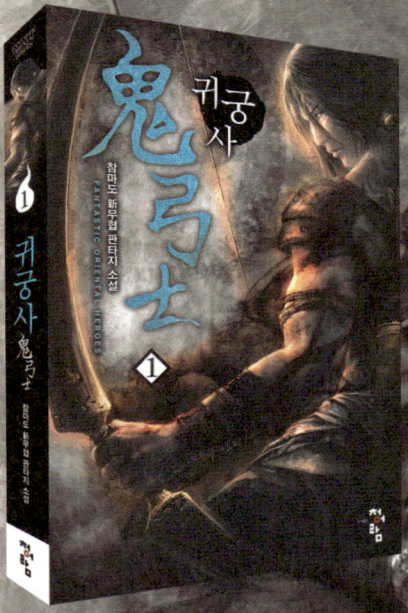

참마도 新무협 판타지 소설

**참마도 작가!! 그가 『무사 곽우』에 이어
다섯 번째 강호 이야기를 새롭게 풀어내다!!**

"길의 중앙에서 떳떳하게 서서 당당히 걸어가래.
사람으로 태어난 이상 그 누구도 당당하게 살아갈 권리는 있다고 말이야."

단야의 오른손이 꽉 쥐어졌다. 별것도 아닌 말이다.
하나 이토록 마음에 남는 소리는 없었다.
사람으로 태어나서……

요물, 괴물.
나이를 먹지 않는 월홍과 얼굴이 징그럽게 망가진 단야.
그들 앞에 펼쳐진 강호란……!

유행이 아닌 자유추구 -
WWW.chungeoram.com
Book Publishing CHUNGEORAM